Alles Gute zum Schulanfang
wünschen Dir Mama und Papa.

Theo Schwartz
lebt als Autor, Redakteur und Übersetzer mit seiner Familie in der Nähe von München. Nach seinem Studium arbeitete er bei verschiedenen Kinder- und Jugendbuchverlagen und betreut bei SchneiderBuch mehrere Buchserien, darunter „Bibi Blocksberg“ und „Bibi und Tina“.

Theo Schwartz

Bibi und Tina

Spannende Abenteuer vom Martinshof

Schneider Buch
EGMONT

Redaktion KIDDINX Studios: Jutta Dahn
Lizenz durch KIDDINX Merchandising GmbH
Winterhuder Weg 29, 22085 Hamburg
www.bibiundtina.de

verlegt durch EGMONT Verlagsgesellschaften mbH,
Gertrudenstraße 30–36, 50667 Köln

Titelbild: KIDDINX Studios GmbH, Berlin
Illustrationen: Corporacion Tavena 2000 S.L., Barcelona
Druck und Bindung: CPI – Ebner & Spiegel, Ulm
ISBN 978-3-505-12526-3

Dieser Sammelband enthält die ungekürzten Einzelbände
Bibi und Tina – Das Zirkuspony (Band 4, 1993)
Bibi und Tina – Das Heiderennen (Band 5, 1993)
Bibi und Tina – Der Abschied (Band 6, 1993)

08 09 / 8 7 6 5 4 3 2 1

Bibi Blocksberg und ihre Lieblingsstute
Sabrina sind ein Herz und eine Seele.

Tina Martin ist für ein Wettreiten mit ihrer besten Freundin Bibi immer zu haben.

Frau Martin bewirtschaftet den Reiterhof zusammen mit Tina und ihrem Bruder Holger.

Das Zirkuspony

Nach Ulf Tiehm

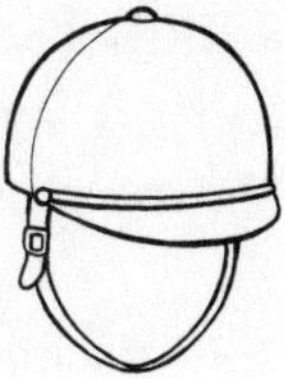

Ein gewaltiger Wigwam

Für Bibi Blocksberg, die kleine Hexe aus Neustadt, war der Martinshof wie ein zweites Zuhause. Letztes Jahr in den Sommerferien hatten ihre Eltern ihr einen ganz, ganz großen Wunsch erfüllt: drei Wochen Ferien auf einem Reiterhof. Die Wahl der Blocksbergs war auf den Martinshof gefallen, den die Witwe Martin gemeinsam mit ihren Kindern Holger und Tina bewirtschaftete. Schon nach ein paar Tagen hatte sich die dreizehnjährige Bibi mit der vierzehnjährigen Tina und der Stute Sabrina angefreundet und nach ein paar Tagen schon hielt sich Bibi flott in Sabrinas Sattel.

Bibi und Sabrina, Tina und ihr Hengst Amadeus – sie waren wie ein unzertrennliches Kleeblatt. Ja, die beiden Mädchen hatten sogar ein Lied komponiert und natürlich auch selbst getextet:

Hufe klappern, Pferde traben,
springen übern Wassergraben
über Stock und über Stein,
wer kann das wohl sein?
Das sind Bibi und Tina
auf Amadeus und Sabrina!
Sie jagen im Wind,
sie reiten geschwind,
weil sie Freunde sind!
Weil sie Freunde sind!
Und ist der Graben mal zu breit,
für Bibi ist das keine Schwierigkeit!
Aufgesessen, lang die Zügel,
sattelfest den Fuß im Bügel,
über Felder, über Weiden,
jeder kennt die beiden!

Wie für alle Schulkinder gingen aber auch für Bibi und Tina die Ferien einmal zu Ende, und es hieß Abschied nehmen. Sie versprachen einander, sich bald wieder zu sehen. In diesem Frühjahr war dann die Zeit gekommen. Bibi hatte in den Osterferien ein Telegramm erhalten:

Liebe Bibi,
ich weiß es schon lange, wollte es dir aber nicht verraten, um dich zu überraschen: Sabrina bekommt ein Fohlen. In den nächsten Tagen muss es so weit sein. Kannst du kommen?
Deine Tina.

In kürzester Zeit hatte Bibi sich reisefertig gemacht, ihren Hexenbesen Kartoffelbrei hervorgeholt und war zum Martinshof unweit des Städtchens Falkenstein geflogen. Gleich in der Nacht nach ihrer Ankunft hatte Sabrina ein süßes schwarzes Pferdebaby zur Welt gebracht. Bibi taufte es auf den hübschen Namen „Felix".

Wenige Tage später statteten auch Bibis Eltern dem Martinshof einen Besuch ab. Die Hexenmama Barbara Blocksberg musste zu einem Hexentreffen bei Tante Amanda und setzte unterwegs Bibis Vater auf dem Reiterhof ab. Er war froh, ein paar Tage Landluft schnuppern zu können, und durfte gleich an einer Fuchsjagd teilnehmen, die Graf Falko von Falkenstein veranstaltet hatte. Obwohl Bernhard Blocksberg noch nie auf einem Pferd gesessen war, brachte ihm der junge Reitlehrer Holger Martin in ein paar Tagen das Reiten bei. Bibi half dabei mit ihren Hexkünsten und ihren Hexsprüchen tüchtig nach und Papi Blocksberg nahm an der Fuchsjagd mit Erfolg teil. Allerdings tat ihm hinterher alles weh. Vor allem sein armer Popo.

Jetzt waren Bernhard und Barbara Blocksberg wieder abgereist. Beim Abschied hatte Bibi ein paar Tränen vergossen, aber die waren schnell wieder versiegt. Schließlich lagen noch ein paar wunderschöne Tage auf dem Martinshof vor ihr. Das Wetter war prächtig, so einen warmen Frühling hatte man in der Gegend seit Jahren nicht mehr erlebt. Da wurde es für Bibi und Tina wieder einmal Zeit für einen flotten Ausritt. Die gräfliche Fuchsjagd hatten sie ja auf Bibis Besen und nicht auf dem Rücken ihrer Pferde mitgemacht.

Sabrina ließen sie im Stall. Sie sollte sich ein bisschen schonen, denn sie stillte immer noch den kleinen Felix. Aber Pascal, Holgers Hengst, tänzelte schon nervös in seiner Box und Amadeus wollte sich auch wieder einmal bewegen. Flink waren die beiden gesattelt und aufgezäumt. Dann schlüpften die Mädchen in ihre Reitklamotten und führten die Pferde aus dem Stall. Es konnte losgehen!

„Tschüs, Mami!“, rief Tina zum offenen Küchenfenster und schwang sich in den Sattel. Amadeus wieherte freudig.

„Tschüs, Frau Martin“, stimmte Bibi mit ein und machte es sich auf Pascal bequem. Pascal schnaubte und rieb seinen Kopf an Amadeus’ Kopf. Die beiden Pferde freuten sich darauf, dass sie wieder einmal tüchtig bewegt wurden.

„Tschüs, Kinder!“ Frau Martin steckte

den Kopf aus dem Fenster. „Viel Spaß und brecht euch nichts! Habt ihr eine Uhr dabei? Es gibt nämlich pünktlich um zwölf Mittagessen. Kohlrouladen mit Kartoffelbrei! Aber nicht deinen Kartoffelbrei, Bibi!", fügte sie lachend hinzu. „Der ist uns zu hart. An dem hätten wir zu viel zum Beißen!"

„Geht klar, Frau Martin!" Bibi brachte Pascal mit Schenkeldruck zum Antraben. Amadeus folgte Pascal und kurz darauf waren die Mädchen schon davongeritten. Ein kleines Wettreiten war wieder einmal angesagt.

Über die Hälse ihrer Pferde gebeugt, galoppierten die beiden über Feldwege und Waldwege, über Wiesen und zwischen Bäumen hindurch, die ihr frisches Frühlingsgrün angelegt hatten.

„Los, Amadeus! Du schaffst das! Schneller!", rief Tina atemlos.

„Na, komm, Pascal!", feuerte Bibi den Hengst an. „Du bist doch nicht schlechter als dein großer Bruder! Los, Junge, gib Gas!"

„Bibi!“ Tina deutete nach vorn. „Wir verlängern unsere Rennstrecke bis zu der alten Scheune da vorne. Okay?“

„Okay, von mir aus!“ Bibi beugte sich vor und murmelte Pascal etwas ins Ohr. „Die rechnen sich noch Chancen aus, die beiden. Hihi! Aber wir sind besser, gell, Pascal? Pass auf, mein Guter! Da vorne ist ein kleines Hindernis. Ich helfe dir! *Eene meene Ach und Krach, Pascal, springe übern Bach! Hex-hex!*“

Pascal legte einen Supersprung hin und landete mit seiner Reiterin wohlbehalten am anderen Ufer des Falkensteiner Baches, der sich in langen Windungen durch die blumengesprenkelten Wiesen zog. Tina hatte weniger Glück. Ihr Amadeus sprang zu kurz und sie fand sich im Bach wieder.

„Iih! Ich bin im Wasser gelandet!“, rief Tina. Mühsam kletterte sie ans Ufer, saß wieder auf und lenkte den Hengst an Bibis Seite. Sie ließ die Zügel fallen und stemmte empört ihre Arme in die Seite.

„Das ist gemein, Bibi!“, schimpfte sie. „Mit hexen kann ich auch gewinnen!“

Bibi machte ein zerknirschtes Gesicht. „Entschuldige bitte“, sagte sie. „Aber ich bin mit Pascal noch nie gesprungen. Da habe ich zur Sicherheit ein wenig nachgeholfen. Ich weiß doch nicht, was er kann.“

„Schon gut“, lenkte Tina ein.

„Aber du kannst von mir aus auch Siegerin sein“, bot Bibi großzügig an.

„Nicht so wichtig“, meinte Tina. „Komm, wir zockeln mal gemütlich nach Falkenstein rüber. Vielleicht ist da was geboten.“

Bibi nickte zustimmend. „Abgemacht!“ Sie blickte zum Himmel hinauf und prüfte den Sonnenstand. „Wir haben noch genügend Zeit. Es ist noch lange nicht Mittag. Meine Hexenaugen sagen mir schon, wann wir umkehren müssen, damit die Kohlrouladen nicht kalt werden.“

Als die ersten Häuser der Stadt vor ihnen auftauchten, wartete eine Überraschung auf die beiden. Tina zügelte Amadeus und rief nach Indianerart: „Wow! Sieht meine Schwester Bibi auch, was ich sehe?“

Bibi stimmte in den Tonfall ein. „Hugh! Kleine Squaw, ich sehe. Mein scharfes Adlerauge erspäht einen gewaltigen Wigwam.“

„Was ist denn noch mal ein Wigwam?“ Tina redete wieder wie Tina Martin vom Martinshof.

„Na, ein Zelt. Da vorne steht ein Zirkuszelt. Super! Hach!“ Sie verdrehte schwärmerisch die Augen. „Ich liebe Zirkus! Komm, wir reiten hin!“

Gesagt, getan.

Auf einer Wiese am Stadtrand hatte ein kleiner Wanderzirkus sein Lager aufgeschlagen. Um das Manegenzelt, das schon aufgebaut und mit kräftigen Drahtseilen gesichert war, gruppierten sich ein paar Wohnwagen. Überall herrschte reges Treiben: Seiltänzer in bunten Trikots übten ihre Kunststücke, Clowns machten ihre Faxen und Jongleure hantierten mit Bällen und bunten Reifen.

„Zirkus Rondelli“, las Tina laut, als sie beim Eingang zum Manegenzelt angekommen waren. „Komm, wir schauen uns mal um.“

Die Mädchen saßen ab und banden Amadeus und Pascal an einem Pfosten an, der eines der Seile vom Hauptzelt sicherte. Dann schlenderten sie zwischen den Wohnwagen hindurch auf der Wiese herum.

„Mal sehen, was für Tiere die hier haben“, meinte Bibi neugierig. „Tiere interessieren mich immer besonders.“

Sie näherten sich den Käfigwagen mit den Tieren.

„Da drüben stehen ein paar Pferde“, stellte Tina fest. „Und ein Kamel sehe ich auch ...“

„Da! Schau mal!“ Bibi zupfte ihre Freundin am Ärmel. „Da drüben ist auch ein Löwe!“

Tina schüttelte sich. „Raubtierdressuren mag ich gar nicht. Die sind mir viel zu aufregend und zu gefährlich!“

„Och“, meinte Bibi lässig, „meistens sind die Löwen in so einem kleinen Zirkus schon sehr alt. Die haben keine Lust mehr, jemandem etwas zu Leide zu tun.“

„Hoffentlich.“ Tina war skeptisch und hielt einen respektvollen Abstand zu dem Löwenkäfig.

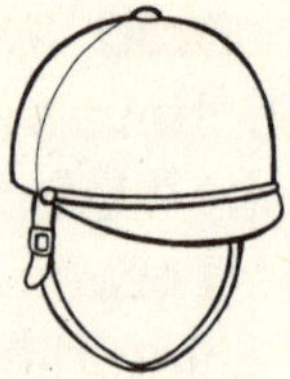

Ein Pony namens Snoopy

Plötzlich wurden sie von einer fremden Stimme mit einem südländischen Akzent unterbrochen.

„Buon giorno. Seid ihr von hier? Ich meine, von hier aus der Stadt?“

Die beiden Mädchen drehten sich um. Unbemerkt hatte sich ihnen ein Mann genähert. Es war ein kräftiger Mann mit Schnauzbart und einem Zylinder auf einem dichten schwarzen Haarschopf. Er führte ein kleines Pony an einem Strick. Bei dem Unbekannten musste es sich um den Zirkusdirektor handeln, vermuteten die Mädchen auf den ersten Anhieb.

„Von hier?“, fragte Tina gedehnt. „Ja, so könnte man es sagen.“

„Aha!" Der Mann setzte ein freundliches Lächeln auf. Eine Spur zu freundlich, fand Bibi. „Dann könnt ihr mir sicher auch sagen, wo hier der Schlachter ist."

„Natürlich. Die Hauptstraße hinunter und dann das dritte Haus hinter der Kirche. Ist nicht zu verfehlen", gab Tina Auskunft.

„Was für Fleisch braucht denn Ihr Löwe?", fragte Bibi neugierig. Sie nahm an, dass der Mann nach billigen Fleischresten für den Löwen fragen wollte.

„Ich will kein Fleisch für Leo kaufen, ich will das Pony hinbringen. Mit dem geht's nicht mehr lange. Ach, übrigens, ich heiße Rondelli, ich bin der Zirkusdirektor."

Aha! Die Mädchen hatten also Recht gehabt mit ihrer Vermutung.

„Ich bin Tina, und das ist meine Freundin Bibi", sagte die junge Martintochter höflich. „Aber sagen Sie, was soll das eigentlich heißen: ‚Mit dem geht's nicht mehr lange'?"

„Na ja", Herr Rondelli zuckte bedauernd mit den Schultern und blickte drein, als wollte er jeden Moment dicke Krokodilstränen vergießen. Es leistet nichts mehr in der Manege. Kann nicht mehr auftreten. Das Sprunggelenk, die Fesseln ... Kaputt? Verletzt? Ich weiß es nicht."

„Und da wollen Sie es einfach zum Schlachter bringen?" Tina schüttelte fassungslos den Kopf.

„Tja, Kinder, das ist nun mal der Lauf der Dinge!"

„Aber Sie können das arme Pony doch nicht einfach schlachten lassen! Das geht doch nicht!" Bibi war empört.

Herr Rondelli hob abwehrend die Hände. „Was sein muss, muss sein. Es verbraucht Futter, für das es in der Vorstellung nicht arbeitet. Es kostet mich nur Geld!"

„Geld! Geld!" Bibis Augen blitzten vor Zorn. „Und da wollen Sie an dem Pferd beim Schlachter wohl noch was verdienen, ja? Was soll er Ihnen denn dafür bezahlen?"

„Na ja", erwiderte Herr Rondelli lässig, „so um die fünfzig Euro wird es hoffentlich bringen. Man kann es ja noch zu Hundefutter verarbeiten."

Hundefutter! Die Mädchen glaubten, sie hätten sich verhört.

Bibi schaltete blitzschnell. „Du, Tina“, wandte sie sich an ihre Freundin. „Wie viel Taschengeld hast du noch für diesen Monat?“

Tina überlegte. „Na, so um die zehn Euro werden es sein. Und du?“

„Wenn ich mein Ferientaschengeld dazurechne, sind es fünfundzwanzig Euro. Das macht, das macht ...“, Bibi rieb sich die Nase, im Kopfrechnen war sie leider etwas langsam, „das macht fünfunddreißig Euro. Also, Herr Rondelli“, sie wandte sich mit fester Stimme an den Zirkusdirektor, „wir geben Ihnen fünfunddreißig Euro, und Sie geben uns ...“

Direktor Rondelli schüttelte den Kopf. „Es tut mir Leid, kleine Signorina“, sagte er, „aber unser kleiner Zirkus ist arm. Verschenken kann ich Snoopy leider nicht!“

„Soso, Snoopy heißt du also.“ Tina streichelte dem Pony über die zottelige Mähne, und das Tier schnaubte freundlich. „Ein schöner Name für so einen kleinen Kerl."

„Ha!", rief Bibi fröhlich. „Idee Nummer zwei! Ich trete bei Ihnen in der Vorstellung auf. Und dafür kriege ich Snoopy. Gebongt, Herr Rondelli?"

Der Zirkusdirektor verzog säuerlich das Gesicht. „Was kannst du denn schon, Kind? Wegen ein paar Runden Seilhüpfen kommen die Leute nicht in meinen Zirkus und die Karten abreißen können wir selber."

„Ach was! Ich kann doch viel mehr!", sagte Bibi auftrumpfend. „Ich kann hexen!"

Direktor Rondelli fasste sich an die Stirn und verdrehte mitleidig die Augen. „Liebe Kleine, auch Kirschkern-Weitspucken interessiert die Leute nicht die Bohne."

„Nein, wirklich! Meine Freundin ist 'ne echte Hexe!" Auch Tina ließ nicht locker.

„Das mag ja sein, und es ist schön für sie", meinte Herr Rondelli und winkte begütigend mit der Hand ab, „aber ich muss jetzt wirklich ..."

„Gut! Sie wollen es nicht anders!" Bibi

war jetzt richtig zornig geworden. *„Eene meene große Hitze, Zirkusmann, flieg auf die Spitze! Eene meene Saus und Braus, großer Löwe, sei ’ne Maus! Eene meene, keine Bange, das Kamel ist eine Schlange! Hex-hex! Hex-hex! Hex-hex!“*

Wow! Tina blieb der Mund offen stehen. So einen Superhexspruch hatte sie von Bibi noch nie gehört. Gleich drei Hexereien am Stück! Und jede der drei hatte geklappt. Dort, wo soeben noch das Kamel stand, ringelte sich plötzlich eine Riesenschlange um einen Baum. Im Löwenkäfig huschte eine kleine graue Maus durch das Stroh und der Zirkusdirektor ... Die beiden Mädchen prusteten los! Der Zirkusdirektor hing ganz oben auf dem Zeltdach und klammerte sich ängstlich an den Fahnenmast. Der Anblick war wirklich zum Schießen!

Herr Rondelli wusste nicht, wie ihm geschehen war.

„Hilfe!“, wimmerte er wie ein verängstigtes Kind. „Was tue ich denn plötzlich hier oben? Ich bin nicht schwindelfrei! Ich falle gleich runter! Hilfe!“

Grinsend schaute Bibi zu ihm hinauf, als wollte sie sagen: Bitte sehr, geschieht Ihnen ganz recht!

„Jaaa! Jaaa! Jaaa!“, rief der Zirkusdirektor kläglich. „Jetzt glaube ich, dass du hexen kannst! Ihr bekommt das Pony! Du darfst auftreten!“ In seiner Angst versprach er alles. „Aber besorg mir jetzt bitte eine Leiter, damit ich wieder runterkomme! Bitte! Bitte!“

„Och, ’ne Leiter ist gar nicht nötig“, meinte Bibi fröhlich. „Ich mach das anders. *Eene meene kunterbunter, Direktorchen, komm wieder runter! Hex-hex!*“

Schwuppdiwupp! Im Nu hatte Herr Rondelli wieder festen Boden unter den Füßen, das Kamel stand wieder an seinem Platz und schaute mit gelangweiltem Gesicht in die Gegend und Leo lag in seinem Käfig. Er gähnte und tat, als ob nichts gewesen war. Mit schlotternden Knien stand der Zirkusdirektor vor den beiden Mädchen. Er war zu allem bereit.

„Abgemacht!“ Er hielt Bibi die Hand hin. „Aber dafür musst du gleich heute bei der Nachmittagsvorstellung auftreten!“

„Abgemacht!“ Bibi schlug ein. Der kleine Snoopy gehörte damit ihr. Brav ging er mit den beiden Mädchen bis zu der Stelle, wo sie Amadeus und Pascal angebunden hatten. Sie saßen auf und machten sich im leichten Trab auf den Heimweg. Snoopy hielt das Tempo mit, auch wenn er immer wieder humpelte. Bibi und Tina machten deshalb zwischendurch ein paar Pausen, aber pünktlich zur Essenszeit trafen die fünf auf dem Martinshof ein.

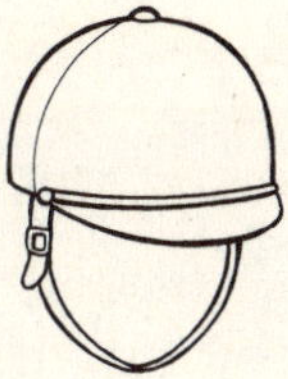

Bibi schnuppert Zirkusluft

Nach dem Essen und nach dem gemeinsamen Abwasch führten Bibi und Tina das Pony auf dem Martinshof herum. Die Gänse, Enten und Hühner kümmerten sich wenig um den „Neuen", denn sie waren ja Pferde gewöhnt. Der Ziegenbock Hoheit dagegen war sehr interessiert an Snoopy. Freundlich meckernd kam er auf das Pony zugelaufen und rieb seinen Kopf an ihm. Das schien Snoopy zu gefallen, denn er beschnupperte den Bock ausgiebig. Die beiden waren sich anscheinend auf Anhieb sympathisch. Bibi und Tina freuten sich.

„Das ist unheimlich wichtig für Snoopy", sagte Tina. „Da fühlt er sich bestimmt gleich wohl bei uns."

„Weil du gerade ‚wichtig' sagst", meinte Bibi darauf, „da ist noch was Wichtiges, fällt mir gerade ein. *Eene meene Hexenkessel, heile sei die Ponyfessel! Hex-hex!* So, nun bist du wieder gesund und nicht mehr ‚verbraucht'!" Zufrieden betrachtete sie ihr Werk. Das Pony humpelte plötzlich nicht mehr und machte ein paar übermütige Sprünge. „Sag mal, Tina", wandte sie sich dann an ihre Freundin, „kann Snoopy im Stall eine Gästebox haben?"

„Klar, gleich hinter der Tür rechts ist eine frei."

Bibi nahm ihr Pony am Strick und die beiden gingen in den Stall. Snoopy ließ sich nur sehr widerstrebend in die Gästebox führen. Er legte die Ohren an, klemmte den Schweif ein und keilte einige Male aus.

Tina rümpfte die Nase. „Das gefällt mir gar nicht", sagte sie. „Das ist immer ein Zeichen für Unsicherheit und Angriffslust. Schau", sie machte eine weit ausladende Handbewegung, „die anderen Pferde merken das. Sie werden schon ganz unruhig."

„Das kann ja heiter werden“, meinte Bibi ein wenig betrübt. „Aber was sollen wir machen?“

„Nichts!“, antwortete Tina knapp. „Sie müssen sich eben an Snoopy gewöhnen. Und umgekehrt.“

„Soll ich vielleicht die Vorstellung absagen und bei ihm bleiben?“, schlug Bibi zögernd vor.

„Nein, nicht nötig“, beruhigte Tina sie. „Das halten die Tiere schon aus. Wenn Snoopy angebunden ist, kann er nichts anstellen.“

„Prima!“ Bibi tätschelte dem nervösen Snoopy leicht den Kopf und sauste hinüber zur Besenkammer. Tina folgte ihr. Bibi schnappte sich ihren Hexenbesen Kartoffelbrei und die beiden nahmen auf ihm Platz. Ein kurzer Hexspruch und schon waren sie in der Luft und nahmen Kurs auf den Zirkus Rondelli.

Die Kasse war bereits geöffnet. In kürzester Zeit waren die Zuschauerbänke belegt und bald war das Zelt bis auf den letzten

Platz ausverkauft. Es hatte sich in Falkenstein wohl in Windeseile herumgesprochen, dass heute Bibi eine Vorstellung geben würde. Signor Rondelli, schick gekleidet mit Frack, Zylinder und weißer Nelke im Knopfloch, linste durch den Vorhang und rieb sich zufrieden die Hände. Ein volles Haus gegen ein lahmes Pony. Der Tausch hatte sich für ihn gelohnt!

Die Musik begann zu spielen, dann ertönte ein Tusch und der Zirkusdirektor betrat die Manege. Das Gemurmel im Publikum erstarb, Herr Rondelli breitete die Arme aus und begrüßte die Anwesenden.

„Meine sehr verehrten Damen und Herren, liebe Kinder! Ich freue mich ganz besonders, dass ich Ihnen heute eine ganz außergewöhnliche Sensation ankündigen kann. Der Star des Nachmittags ist ein kleines Mädchen mit großen Zauberkräften. Es ist hier in Falkenstein und Umgebung den meisten von Ihnen bekannt. Ich spreche von Bibi! Bibi Blocksberg!“

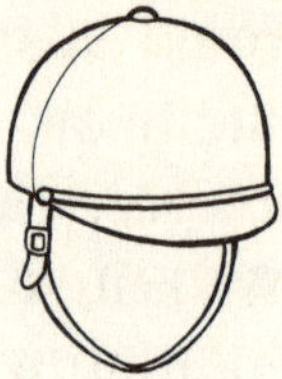

Bibi Superstar

Wieder ein Tusch. Bibi trat in die Manege, machte einen kleinen Knicks und warf Kusshändchen. Das Publikum dankte ihr mit donnerndem Applaus.

Als unter der Zirkuskuppel wieder Ruhe eingekehrt war, setzte Bibi zu einer kleinen Rede an: „Hallo, liebe Leute, groß und klein! Ich fange am besten mit ein paar Flugkunststücken an. Das hier, was ich in der rechten Hand halte, ist Kartoffelbrei."

Das Publikum lachte. Dass ein Besen solch einen lustigen Namen hatte, war auch zu komisch.

„Der sieht zwar wie ein normaler kleiner Besen aus", fuhr sie fort, „er ist aber ein Hexenbesen. Der beste, den es gibt. Komm, mein Wuschel“, sie fuhr mit den Händen liebevoll über die Borsten des Besens, „wir zeigen dem erlauchten Publikum einmal, was du kannst.“

Dann wandte sie sich an Signor Rondelli und deutete auf den Rand der Manege. „Herr Direktor! Sind das da drüben die Reifen, durch die der arme Löwe Leo immer springen muss?“

Herr Rondelli nickte. „Ja, kleines Fräulein, das sind sie“, antwortete er.

„Also, dann stellen Sie mal die Reifen zu einem langen Tunnel hintereinander!“, kommandierte sie.

Während der Direktor ihren Befehl befolgte, redete Bibi weiter. „Ich geh mal inzwischen in die Luft.“ Sie hockte sich rittlings auf ihren Besen und rief: *„Eene meene mei, zeig, was du kannst, Kartoffelbrei! Hex-hex!“*

Jau! Jetzt legte Bibi los! Bisher kannten die Leute in der Gegend Bibis Flugkünste nur vom Hörensagen, nun aber durften sie mit eigenen Augen miterleben, was die

kleine Hexe zu bieten hatte. Bibi fegte unter die Zirkuskuppel, sauste im Sturzflug hernieder, fing Kartoffelbrei knapp vor dem Erdboden wieder ab und machte ein paar Loopings. Dann nahm sie gehörig Schwung und zischte, eng an den Besenstiel geschmiegt, durch den Reifentunnel. Anschließend legte sie eine elegante Landung hin und stieg ab. Sie blickte betont harmlos um sich und tat, als wäre nichts geschehen. Die Zuschauer tobten vor Begeisterung!

Bibi verneigte sich. „Danke! Danke! Vielen Dank!“, rief sie. „Und nun zeige ich Ihnen etwas Besonderes: das Kleinhexen! Das ist besonders geeignet für Leute, die man nicht so gut leiden kann. Herr Direktor, würden Sie bitte zu mir kommen? So, danke! Und die anderen Zirkusleute auch. Achtung, aufgepasst! *Eene meene große Höhe, alle sind so klein wie Flöhe! Hex-hex!*“

Ein Raunen ging durch das Publikum, dann verblüfftes Schweigen. In die Stille hinein war die piepsige Stimme eines kleinen Mädchens zu vernehmen: „Mami! Die sind ja alle weg! Hat Bibi die unsichtbar gemacht?“

„Nein, nein“, beruhigte es seine Mutter. „Ich glaube, die sind nur ganz winzig!“

„Ja, ganz recht!“, rief Bibi lachend und ging einen Schritt zur Seite, um nicht aus Versehen auf die Winzmenschen zu ihren Füßen zu treten. „Darf ich vorstellen: Flohzirkus Rondelli. Kleinstes Zirkus von Wäääält!“

Alles lachte und klatschte Beifall.

„So, und nun“, fuhr Bibi fort, „mache ich sie wieder groß. Huch!“ Sie hielt erschrocken inne und fuhr dann mit gekünstelter Stimme fort: „Jetzt habe ich doch tatsächlich den Rückhexspruch vergessen! Tja, Herr Direktor, dann müssen Sie wohl für immer so klein bleiben!“

„Tu mir das nicht an!“, piepste Signor Rondelli irgendwo unten in den Sägespänen, die den Boden der Manege bedeckten. „Mach mich wieder groß, Bibi! Bitte!“

„Nuuun!“, antwortete Bibi lang gedehnt und schien zu überlegen. „Der Rückhexspruch könnte mir eventuell wieder einfallen, wenn Sie versprechen, nie wieder ein altes Zirkustier zum Schlachter zu bringen. Na?"

„Ich verspreche es!", kam es kleinlaut zurück. „Ich schwöre!"

„Sehr gut!" Bibi grinste ein bisschen hämisch. „Ach, so ein Zufall! Da fällt mir gerade im Moment der Spruch wieder ein. *Eene meene Eigentor, seid Zirkusleute wie zuvor! Hex-hex!*"

Die Menschen im Publikum, die mit großen Augen das Spektakel mit angesehen hatten, trampelten vor Begeisterung mit den Füßen, als die Zirkusmannschaft plötzlich wieder in voller Größe und unversehrt dastand.

Bibi machte eine tiefe Verbeugung und nahm dann neben Tina Platz, die in der ersten Reihe saß. Von hier aus konnten die Mädchen den Rest der Vorstellung besonders gut sehen. Es war ein kleines, aber feines Programm, das die Artisten und Clowns des Zirkus Rondelli präsentierten,

IRKUS

und alle kamen auf ihre Kosten. Ein kleines Mädchen trippelte höchst elegant auf dem Hochseil, ein Feuerschlucker erstickte lodernde Flammen und Jongleure zeigten ihr Geschick. Natürlich fehlten auch die Clowns nicht und Löwe Leo führte vor, was ihn sein Dompteur gelehrt hatte. Natürlich hinter einer hohen Wand aus Gitterstäben.

Nach der Vorstellung wurde Bibi von den anwesenden Kindern umringt und bestaunt. Eine richtige Hexe, eine kleine noch dazu, hatten sie immer schon einmal ganz aus der Nähe sehen wollen. Einige von ihnen baten Bibi sogar um ein Autogramm!

„Was? Ein Autogramm? Von mir?“ Bibi wurde puterrot und ganz verlegen. „Aber ich bin doch gar nicht berühmt!“

„Klar bist du das! Und ob! Du bist weltberühmt!“, ertönte es von allen Seiten.

Also fügte sich Bibi und schrieb:

Alles Liebe

Deine Bibi

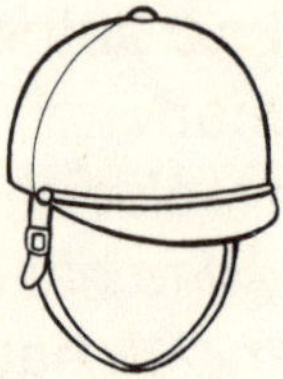

Snoopy macht Ärger

In Superlaune begaben sich Bibi und Tina auf den Heimflug. Sie drehten auf Kartoffelbrei noch eine Ehrenrunde über dem Zelt, winkten den Zirkusbesuchern zu, die daraufhin eifrig zurückwinkten, und nahmen Kurs auf den Martinshof. Mit ihrer guten Laune sollte es jedoch bald vorbei sein.

Tinas Bruder erwartete sie bereits vor dem Stall. Sein Gesichtsausdruck verhieß nichts Gutes. Was ist denn jetzt los?, fragte Bibi sich, als sie Kartoffelbrei vor Holgers Füßen zum Stehen brachte.

„Also, hört mal gut zu, Kinder!“ Holger erhob die Stimme. Auweh!, dachte Tina. Wenn er „Kinder“ sagt, dann ist was im Busch. „Um euer Zirkuspony müsst ihr euch gefälligst selber kümmern. Es macht nur Probleme!“

„Aber gern tun wir das!“, sagte Bibi eifrig. „Was hat es denn verbrochen?“

„Ich habe alle unsere Ponys auf die Koppel gebracht“, fuhr Holger fort, jetzt schon etwas milder gestimmt. „Die haben sich alle riesig gefreut. Nur euer Snoopy ist unerträglich. Er beißt um sich! Er schlägt aus! Was hat er bloß?“

„Na ja.“ Tina verzog das Gesicht. „Der hat im Zirkus eben ein anderes Leben geführt!“

„Na und? Da muss er die anderen doch nicht gleich wegbeißen!“, sagte Holger ein wenig ratlos. „Es ist doch genug Wiese für alle da.“

„Wo ist Snoopy denn jetzt?“, wollte Bibi wissen.

„Ich habe ihn auf die kleine Koppel gebracht. Da ist er für sich allein. Nur Hoheit ist bei ihm. Komischer Kerl, der wollte unbedingt mit.“ Holger lachte trocken.

„Bleiben denn die Tiere heute Nacht draußen?“, fragte Tina.

„Ja, das war so geplant. Dem Wetterbericht nach soll es nicht kälter werden, da können sie sich allmählich an die Frischluft gewöhnen."

„Frische Luft die ganze Nacht über?" Bibi stupste ihre Freundin. „Das wäre nichts für uns, gell?"

„Nö!" Tina grinste. „Das Fenster einen Spaltbreit auf und zwei warme Kuscheldecken! Das reicht uns beiden schon."

Bibi machte ein sorgenvolles Gesicht. Das Kuschelbett musste leider noch warten. Sie hatte Direktor Rondelli das Pony abgeschwatzt, deshalb fühlte sie sich für das Pferd verantwortlich.

„Meinst du, er gewöhnt sich über Nacht an seine neue Umgebung?", wandte sie sich an Tina. „Komm, wir gehen noch mal nach ihm gucken."

„Okay!"

Tina war gleich mit dabei. Holger ging in den Stall zurück. Die beiden sattelten flink Amadeus und Pascal und ritten im gemächlichen Trab zu den Koppeln hinüber.

„Wenn ich Snoopy für die Hexerei im Zirkus heute früh bekommen habe, aber er jetzt auf eurer Wiese frisst, wem gehört er dann? Mir? Oder dir? Oder euch?", überlegte Bibi laut.

„Ist doch egal", sagte Tina leichthin. „Uns allen. Dir auch. Du bist doch wie meine Schwester. Du gehörst doch sozusagen zur Familie."

„Danke, dass du das sagst!", sagte Bibi strahlend. Dann fügte sie ernsthaft hinzu: „Aber wenn euch Snoopy zu viel Arbeit macht, dann wäre es schon besser, wenn er bloß mir gehört. Ich werde ihn schon hinkriegen."

Die Mädchen waren inzwischen bei der Koppel angelangt.

„Schau mal, da steht er", sagte Tina. „Ganz friedlich am Zaun. Und Hoheit steht neben ihm. Ich glaube, die haben schon auf uns gewartet."

„Hm." Bibi nickte. Snoopy und Hoheit machten den Eindruck, als wären sie schon seit Jahren die allerbesten Freunde, dabei kannten sie sich erst seit ein paar Stunden.

Bibi hielt Pascal an. „Hier schaut doch alles ganz friedlich aus“, sagte sie. „Ich glaube, Holger hat ziemlich übertrieben.“

„Wer weiß?“, gab Tina zurück. „Lass uns vorsichtshalber schon mal hier absitzen, damit er nicht nervös wird.“

„Ach, Quatsch!“, wandte Bibi ein, aber dann gab sie doch nach und stieg ebenfalls aus dem Sattel. Sie nahmen die beiden Pferde an den Zügeln und gingen auf die kleine Koppel zu. „Holger hat doch gesagt, dass Snoopy sich mit den Ponys gebissen hat und nicht mit Pascal und Amadeus.“

Pascal begann heftig zu schnauben.

„Ruhig, Pascal“, sprach Bibi leise auf ihn ein. „Sei nett zu Snoopy. Er ist ja schließlich noch fremd hier bei uns.“

Jetzt begann auch Amadeus zu schnauben.

„Siehst du“, meinte Tina ein wenig vorwurfsvoll, „Amadeus wird auch schon unruhig!“

„Dann sind *unsere* Pferde zickig und

nicht das Zirkuspony“, versuchte Bibi ihren Snoopy zu verteidigen. „Außerdem ist ja der Zaun dazwischen.“

Der Zaun jedoch hielt Snoopy nicht davon ab verrückt zu spielen. Das Pony wieherte schrill, verlagerte sein Gewicht auf die Hinterbeine und stieg mit den Vorderbeinen hoch. Davon erschrak Amadeus, wieherte auch und stieg ebenfalls hoch. Snoopy landete wieder auf allen vieren und keilte nach hinten aus. Dabei trat er gegen den Zaun der Koppel. Ein Balken splitterte und es hätte gewiss ein Malheur gegeben, wenn Bibi sich nicht geistesgegenwärtig ihrer Hexkünste erinnert hätte.

„Bleib drin, Snoopy! Nicht ausbrechen! *Eene meene Würstchengrill, wilder Snoopy, stehe still! Hex-hex!*“

In Sekundenschnelle hatte sich das Pony wieder beruhigt und stand jetzt stocksteif da. Auch die Pferde der beiden Mädchen regten sich wieder ab.

„Mannomann!“ Tina stieß einen leisen Pfiff aus. „Was war das denn eben?“

„Frag mich nicht", gab Bibi zurück. „Ich weiß bloß, dass es eine ziemliche Keilerei zwischen den dreien geworden wäre, wenn das Pony den ganzen Zaun niedergetreten hätte."

„Nur gut, dass Hoheit sich rechtzeitig aus dem Staub gemacht hat", sagte Tina. „Er ist gar nicht so dumm, der Kerl. Und da sagen die Leute immer, Ziegen wären blöd."

Der Ziegenbock war wirklich schlau gewesen. Als die drei Pferde begonnen hatten verrückt zu spielen, war er zwischen den Koppelbalken hindurchgeschlüpft und hatte das Weite gesucht. In gebührendem Abstand zu den beiden Mädchen und den Pferden beobachtete er argwöhnisch das Geschehen.

„Aber jetzt muss ich dafür sorgen, dass Snoopy sich wieder bewegen kann", meinte Bibi besorgt. „Er muss ja nicht bis morgen früh so stocksteif dastehen. *Eene meene Zitterrochen, der Bann, der sei gebrochen! Hex-hex!*"

Wie auf Kommando löste sich Snoopy

aus seiner Erstarrung, wieherte und lief mit wehender Mähne zum hinteren Teil der Koppel. Dort blieb er stehen, würdigte die beiden Mädchen keines Blickes und rupfte Grasbüschel aus. Bibi und Tina lockten und riefen, aber Snoopy kam nicht. Wer aber kam, war Hoheit. Er tauchte urplötzlich wieder auf, postierte sich neben seinem neuen vierbeinigen Freund und fraß ebenfalls Gras.

„Jetzt ist er beleidigt! Und Hoheit ebenso“, stellte Tina fest. „Na, wenn schon. Sind wir eben auch beleidigt. Komm, lass uns heimreiten.“

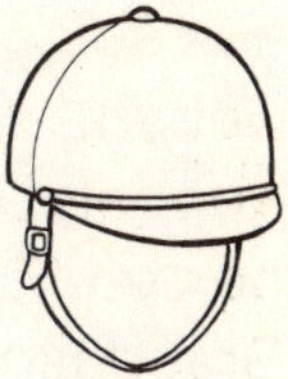

Ein schlechter Tag für Direktor Rondelli

Das zickige Pony Snoopy war für den Rest des Tages das Gesprächsthema Nummer eins. Als Bibi und Tina endlich unter ihren Kuscheldecken lagen und alle Lichter in den Räumen des Martinshofes gelöscht waren, tuschelten die beiden Mädchen noch eifrig miteinander. Natürlich über Snoopy.

„Ich überlege, ich überlege ...“, murmelte Tina. „Vielleicht denkt Snoopy ja, dass er als Zirkuspferd etwas Besonderes ist?“

„Ach, du meinst, alle anderen Pferde müssten ihm Beifall klatschen? Hihihi!“ Bibi kicherte bei dem Gedanken. Aber im Ernst: „Vielleicht braucht er wirklich eine Bestätigung.“

„Weißt du, wir sollten Geduld mit ihm haben. Geben wir ihm noch ein paar Tage zur Eingewöhnung."

„Genau!", sagte Bibi zustimmend. „Wenn er nicht bald netter wird, dann lasse ich mir irgendeinen von Mamis Sprüchen einfallen. Zum Beispiel den ... *Eene meene schönes Wetter, kleiner Snoopy, werde netter!*"

„Oder wie wäre es damit: *Eene meene Steine schmeißen, Pony, höre auf zu beißen!*"

„Hey!", rief Bibi verblüfft. „Du bist ja echt gut im Sprücheerfinden. Du bist eine richtige Sprüchemacherin!"

„Ich bin ja auch deine Freundin", gab Tina leise zur Antwort und gab Bibi einen kleinen Stups. Bibi stupste zurück. Nach einer Weile sagte Tina:

„Ich überlege schon wieder ... Sag mal, Bibi, warum gehst du eigentlich nicht zum Zirkus? Deine Vorstellung heute Nachmittag war doch echt super."

„Ja, das habe ich mir auch schon mal

überlegt. Aber dann würde ich meine Hexkraft verlieren. Gegen Geld dürfen wir nämlich nicht hexen, nur für einen guten Zweck."

„Ja und?", entgegnete Tina und stützte ihren Kopf in ihre Hand. „Wenn man vielen Leuten, wenn man vielen Kindern eine Freude macht, dann ist das doch ein guter Zweck."

„Nö!" Bibi schüttelte energisch den Kopf. „Die zahlen ja schließlich Eintritt."

„Okay, da hast du auch wieder Recht." Tina gähnte ausgiebig. „Weißt du was? Wir lassen das Thema Snoopy und das Thema Zirkus für heute. Ich kann meine Augen kaum noch offen halten. Ich schlafe jetzt. Gute Nacht, Bibi!"

„Eine gute Idee. Ich bin auch hundemüde. So ein Auftritt im Zirkus schlaucht ganz schön. Gute Nacht, Tina!"

Einige Minuten später waren in Tina Martins Zimmer nur noch die gleichmäßigen Atemzüge von zwei schlafenden Mädchen zu hören. In ihren Träumen tummelten sich

Pascal, Amadeus und Snoopy fröhlich spielend auf der Koppel.

Am nächsten Morgen gleich nach dem Frühstück wurde die Arbeit für den heutigen Tag verteilt. Frau Martin nahm sich die Frühbeete im Garten vor und Holger hatte die Ställe auszumisten.

„Und wir?“, riefen die Mädchen wie aus einem Mund.

„Dreimal dürft ihr raten“, meinte Frau Martin freundlich lächelnd.

„Betten machen?“, rätselte Tina.

„Einkaufen reiten?“, fragte Bibi.

„Die Pferde striegeln?“ Tinas Augen leuchteten. Das tat sie am liebsten. Küchenarbeit dagegen ... „Die Küche aufräumen etwa?“, rief sie erschrocken.

Frau Martin nickte nur. Doch da half kein Jammern und Wehklagen, die beiden mussten ran. Geschirr spülen, abtrocknen und verräumen, den Herd reinigen, den Boden kehren und feucht putzen und Staub auf den Möbeln und in den Regalen wischen.

„Ich denke, Kinderarbeit ist verboten!“,

brummeite Tina und ließ heißes Wasser in das Spülbecken laufen.

„Vergiss es“, seufzte Bibi und schüttelte das Staubtuch vor dem offenen Fenster aus. „Ich muss zu Hause auch ran. Wenn wir uns beeilen, können wir hinterher noch ein bisschen auf die Koppel und nach Snoopy schauen.“

Gesagt, getan. Die Mädchen legten sich tüchtig ins Zeug und nach gut zwei Stunden blitzte und blinkte die Küche, als wäre sie soeben neu gekauft worden. Erschöpft ließen sich die beiden auf die Eckbank plumpsen, sprangen aber nach wenigen Sekunden wieder auf. Von draußen ertönte das Geräusch eines Automotors.

„Vielleicht der Robert, unser Tierarzt!“, rief Tina.

„Das wäre toll!“, freute sich Bibi. „Der war schon lange nicht mehr da!“

Nein, es war nicht der junge Robert Eichhorn. Knatternd kam ein altes, bunt bemaltes Vehikel in den Hof gefahren, hielt an und eine den Mädchen bereits gut bekann-

ZIRKUS
RONDELLI

te Person stieg aus: Zirkusdirektor Rondelli höchstpersönlich. Er wandte sich an Holger, der neugierig aus der Stalltür getreten war.

„Hallo und buon giorno!", sagte er betont höflich. „Wohnt hier die kleine Hexe Bibi Blocksberg?"

„Ja, die ist hier bei uns." Holger kniff ein Auge zu und studierte den Schriftzug auf dem Auto. ZIRKUS RONDELLI stand dort in großen Buchstaben geschrieben. „Sind Sie der Mann, der Snoopy zum Schlachter bringen wollte?"

Signor Rondelli zuckte mit den Schultern und machte eine erklärende Handbewegung. „Ist nichts mehr wert, der Gaul!"

„Das sagen Sie!", erwiderte Holger scharf. „Snoopy mag zwar ein bisschen zickig sein, aber ansonsten ist er kerngesund."

„Oh, nein! Mit kaputten Fesseln ist er nicht gesund genug für den Zirkus."

„Also, ich habe keine Krankheit festgestellt!" Holger blickte Signor Rondelli misstrauisch an. „Aber vielleicht hat ja Bibi ein bisschen an ihm rumgehext.“

„Snoopy wieder gesund? Ist ja interessant!“ Der Zirkusdirektor machte große Augen und fügte in süßlichem Ton hinzu: „Wo ist denn das kleine Hexenmädchen? Ich würde gern mit ihm sprechen.“

„Bin schon da!“, rief Bibi. Sie war in der Haustür gestanden und hatte interessiert dem Gespräch zugehört. Jetzt trat sie auf die beiden Männer zu. „Na, haben Sie die Verwandlung zum Floh und zurück gut überstanden?“, fügte sie schmunzelnd hinzu.

„Ja, habe ich!“ Rondelli verzog schmerzlich das Gesicht. „Es war aber nicht besonders nett von dir.“

„Aber sehr nützlich!“ Bibi feixte. „Immerhin haben Sie versprochen, kein Tier mehr zum Schlachter zu bringen.“

„Jaja. Mein Wort gilt!“ Er hob wie zum Schwur die Hand. „Nie wieder!“

„Na prima! Aber um mir das zu sagen, sind Sie ja wohl nicht gekommen, oder?

Sie wollten mich doch sprechen, habe ich vorhin mitgekriegt."

„Richtig. Ich wollte dich fragen, ob du zum Zirkus willst. Ich will dich engagieren."

Honigsüß kamen die Worte, aber Bibi beeindruckten sie nicht.

„Abgelehnt."

„Auf Lebenszeit!"

„Abgelehnt."

„Eine Spitzengage!"

„Abgelehnt."

„Das Doppelte!"

„Abgelehnt."

Signor Rondelli war der Verzweiflung nahe. Das Mädchen musste doch zu kriegen sein! Holger grinste spöttisch. An Bibi hatten sich schon andere die Zähne ausgebissen, da würde auch ein Zirkusdirektor nicht weit kommen.

„Mamma mia!", rief er theatralisch. „Sag doch nicht immer ‚abgelehnt'! Kind, du bist doch die Sensation aller Sensationen. Mein Zirkus wird weltberühmt und du mit ihm!"

„Ich muss aber ablehnen, weil es nicht

geht! Ich kann es einfach nicht. Es gibt Hexengesetze, die Sie nicht verstehen!"

„Warum geht es nicht? Warum kannst du nicht?", fragte der Direktor erstaunt. „Und wenn ich dich auf den Knien anflehe?"

Holger prustete los. Rondelli ging tatsächlich vor Bibi in die Knie, als würde er ihr einen Heiratsantrag machen. „Hier, ich knie vor dir, Bibi. Komm zum Zirkus, Bibi! Bitte! Bitte!"

„Und wenn Sie einen Kopfstand machen, dreimal in die Hände klatschen und mit den Füßen bitte, bitte machen. Es geht nicht!"

Rondelli verzog weinerlich sein Gesicht. „Ich bin untröstlich!", jammerte er. „Dann gib mir doch wenigstens Snoopy zurück. Mein geliebtes Pony Snoopy! Das liebste Pferd, das ich je hatte!"

Jetzt mischte sich Holger ein. „Ich höre wohl nicht richtig? Grad eben war es noch ein Gaul und angeblich nichts wert. Und jetzt auf einmal ... Sie haben vielleicht Nerven, Mann!"

„Snoopy gehört mir!“, erwiderte Bibi mit fester Stimme. „Ich habe ihn gestern von Ihnen gekauft. Ohne Geld zwar, aber dafür haben Sie eine ausverkaufte Vorstellung gehabt.“

„Aber er ist doch wieder gesund! Er kann arbeiten! Bitte!“

Bibi schüttelte den Kopf.

„Du bist hartherzig, jawohl!“ Jetzt wechselte Rondelli den Tonfall und fuhr übertrieben freundlich fort: „Kann ich ihn wenigstens noch mal sehen? Zum Abschied?“

Bibi ließ sich nicht erweichen. „Snoopy ist nicht hier, er ist auf der Koppel. Dort fühlt er sich sehr wohl.“

Der Direktor merkte, dass auf dem Martinshof für ihn nichts mehr zu holen war, und wandte sich zum Gehen. Er warf die Arme in die Luft und begann zu jammern. „Das ist ein schlechter Tag für mich und mein kleines Unternehmen. Ein Pony verloren! *Die* Zirkussensation der Welt verloren! Oh, Jammer und Not! Ich scheide als geschlagener Mann!“

Er stieg in sein buntes Auto, startete und brauste davon.

Holger und Bibi blickten ihm amüsiert nach und Bibi rief ihm hinterher: „Nicht weinen, Direktorchen! Sie werden's schon überleben! Tschüüü-hüs!"

„Den sind wir los!", meinte Holger aufatmend. „Ich bin bald mit meiner Arbeit fertig, dann schauen wir mal zu dritt nach unserem Neuen. Okay?"

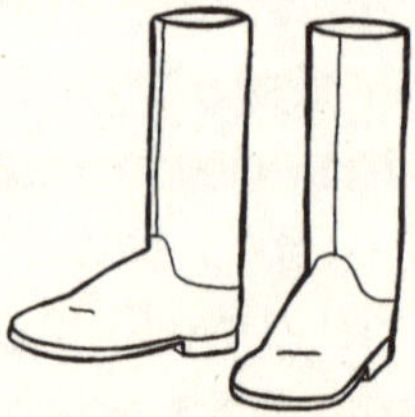

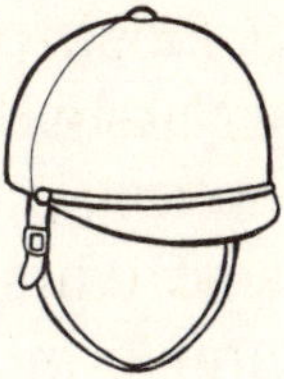

Rondelli gibt nicht auf

Waren sie den Direktor wirklich los? Nun, er hatte zwar das Hofgelände verlassen, bog aber nach ein paar Kilometern in einen Feldweg ein, der zur Koppel des Martinshofes führte. Wollte er Snoopy wirklich nur noch einmal sehen zum Abschied? Nein. Signor Rondelli war ein ausgefuchster Geschäftsmann, der nicht so schnell aufgab. Zuallererst musste er sich davon überzeugen, dass das Pony wirklich wieder gesund war. Er stieg aus dem Auto, kletterte über die Umzäunung der Koppel und lockte das Pferd zu sich.

„Buon giorno, Snoopy!“, rief er freundlich und wollte das Pony anfassen. „Komm her, komm zu deinem Herrn und Meister.“ Doch

Snoopy drehte sich weg. „Hä? Magst mich wohl nicht, bin dir wohl zu streng? Hab dich halt manchmal schlagen müssen, wenn du faul warst. Zirkusdressur ist harte Arbeit und kein Zuckerlecken.“ Als hätte sich das Pony an die Schläge erinnert, schnaubte es und trabte ein paar Meter weit davon. Hoheit, der auch mit auf der Koppel geblieben war, hatte zu dem Zirkusdirektor respektvollen Abstand gehalten. Jetzt machte er ein paar lustige Bocksprünge, denn er glaubte, das Pony wollte mit ihm spielen.

„Aha! Du rennst weg!“, kommentierte Rondelli und stellte dann bewundernd fest: „Läuft nicht schlecht, der Gaul. Sieht wirklich gesund aus. Die kleine Hexe hat ganze Arbeit geleistet. Ein gesundes Pferd kann ordentlich arbeiten, am besten für mich.“ Er lachte gehässig, ging zum Auto zurück und holte vom Beifahrersitz eine Dressurpeitsche. Dann näherte er sich langsam dem Pony und sagte: „So, dann wollen wir doch mal sehen, ob du noch springen kannst. Zirkusmusik kann ich dir nicht bieten, aber die Peitsche. Allez, hopp!“ Er ließ sie ein paar Mal über Snoopys Kopf knallen und das Pferd vollführte einige zirkusreife Sprünge. Hoheit tat es ihm begeistert nach.

Rondelli stieß einen leisen Pfiff aus. „Na, du kannst es ja noch wie in den besten Zeiten. Es wäre doch schade, so ein begabtes Dressurpferd auf einer Reiterhofwiese versauern zu lassen.“ Er lachte gemein, blickte sich nach allen Seiten um und gab Snoopy das Kommando, über das Gatter zu springen. Snoopy gehorchte. Ein zufriedenes Lächeln huschte über das Gesicht des Direktors. „Damit das klar ist, Snoopy“, sagte er und machte Anstalten, das Pony fortzuführen, „ich habe dich nicht gestohlen. Du bist entsprungen, im wahrsten Sinne des Wortes.“

Plötzlich verspürte er einen heftigen Stoß in den Kniekehlen. Hoheit hatte sich durch die Balken des Gatters gezwängt und verteidigte seinen Freund. Aber gegen Rondelli hatte der Bock keine Chance. Ein paar Hiebe mit der Peitsche, und Hoheit rannte

RONDELL

kläglich meckernd ein paar Schritte davon. Der Zirkusdirektor hatte es jetzt sehr eilig. Er band Snoopy mit einem langen Strick hinten an seinem Auto fest und fuhr langsam los. Es blieb Snoopy nichts anderes übrig, als in einen leichten Trab zu fallen, um dem Wagen folgen zu können.

Bald darauf waren Zirkusdirektor Rondelli und das Pony Snoopy hinter einer Biegung verschwunden. Unterdessen war Holger mit dem Ausmisten fertig geworden. Während er sich und seine schmutzverklebten Stiefel waschen ging, plauderten Bibi und Tina eine Runde. Es ging natürlich um das Zirkuspony.

„Wenn du mich fragst, ich finde, wir können Snoopy hier auf dem Martinshof gut gebrauchen", sagte Tina.

„Das ist mir schon klar. Viele Reitergäste wollen auf Ponys reiten und die kleinen Gäste sowieso."

„Mami hat für das Wochenende zehn neue Anmeldungen angenommen. Mit Max und Moritz allein würden wir das nie schaffen."

„Wir müssen nur noch ausprobieren, wie sich Snoopy bei Kindern benimmt“, meinte Bibi. „Ah, da kommt ja auch schon Holger. Auf geht’s!“

Holger kam, aber noch jemand anderer kam. Ein vierbeiniger Jemand, der große Sprünge machte und aufgeregt meckerte.

„He, Hoheit!“, rief Bibi. „Ich denke, du bist auf der Koppel bei Snoopy.“

„Den Ziegenbock kannst du nicht gegen seinen Willen einsperren, der quetscht sich durch jeden Zaun“, sagte Holger. „Es wird ihm wohl da draußen zu langweilig geworden sein, denke ich.“

„Ich denke was anderes“, grübelte Bibi. „Mein Hexengefühl sagt mir, dass irgendwas faul ist. Mit Snoopy stimmt was nicht. Ich sause mal eben auf Kartoffelbrei rüber und schaue nach. Kommst du mit, Tina?“

„Was soll schon passiert sein?“, versuchte Tina ihre Freundin zu beruhigen. „Aber okay, ich komme natürlich mit.“

Und ab ging es auf Kartoffelbrei im Steilflug in die Lüfte. Es war nicht sehr weit bis

zur Koppel. Mit den Pferden hätte es eine gute Viertelstunde gedauert, aber Kartoffelbrei brauchte nur zwei Minuten. Schon von weitem sahen die beiden Mädchen die dicken Ponys Max und Moritz friedlich grasen, aber die kleine Koppel war leer. Geschickt steuerte Bibi ihren Hexenbesen auf einen Landeplatz in der kleinen Koppel.

„Siehst du!" Wütend stemmte Bibi die Arme in die Hüfte. „Ich hatte so eine Ahnung. Ich habe genau gespürt, dass Hoheit uns etwas sagen wollte."

„Schau mal hier." Tina deutete auf die Umzäunung. „Hier ist eine Lücke, durch die muss der Bock abgedampft sein."

„Aber das ist für Snoopy viel zu klein", gab Bibi zu bedenken.

„Und das Gatter ist geschlossen", stellte Tina fest.

„Na ja, das könnte auch jemand aufgemacht haben."

„Du glaubst ... ?" Tina sprach ihren Gedanken nicht zu Ende.

„Na klar glaube ich! Und wie! Snoopy ist

gestohlen worden! Am helllichten Tag. Es war ja niemand in der Nähe von uns, der es hätte verhindern können."

„Das kann nur dieser Zirkustyp gewesen sein!"

„Klar! Wer denn sonst!" Bibi war sich ihrer Sache ganz sicher. „Er wollte Snoopy unbedingt zurückhaben, als er hörte, dass er wieder gesund ist. Und weil wir das Pony nicht rausgerückt haben, hat er es einfach geklaut!"

„So eine Gemeinheit!" Tina war empört. „Komm, wir fliegen gleich zur Polizei!"

„Ach was!", entgegnete Bibi mit grimmigem Gesicht. „Das schaffen wir auch ohne die. Der feine Direktor Rondelli hat Bibi Blocksberg noch nicht richtig kennen gelernt. Der wird sich wundern! Komm, Tina, aufgesessen! Wir fliegen nach Falkenstein!"

Signor Rondelli war ein gewitzter Kerl und mit allen Wassern gewaschen, wie man so schön sagt. Nein, geklaut hatte er Snoopy nicht, er hatte nur mit einem kleinen Trick nachgeholfen. Natürlich wusste er, dass der Verdacht auf ihn fallen würde und hatte sich bereits eine prima Ausrede ausgedacht.

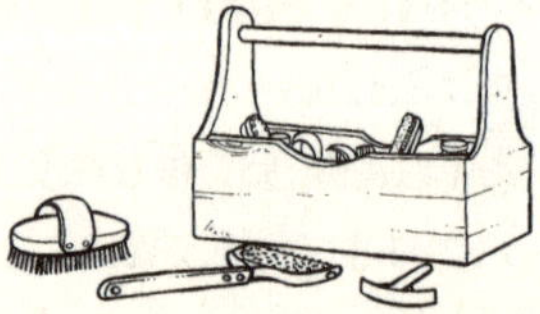

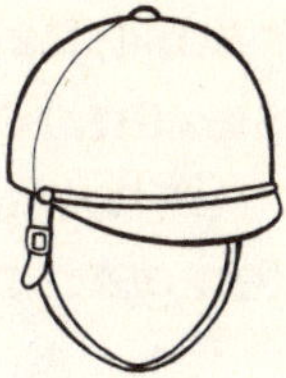

Ein scheinheiliger Kerl

Im Sturzflug sausten Bibi und Tina auf Kartoffelbrei zur Erde hinunter und landeten hinter dem Zirkuszelt. Bibi sah das Pony als Erste. Es war sorgfältig gebürstet und gestriegelt und wie ein Zirkuspferd aufgeputzt.

„Da ist ja Snoopy!“, rief Bibi und stellte den Besen ab. „Ich hab’s doch gewusst. Dieser Halunke!“

„So eine Unverschämtheit!“, schimpfte Tina. „Klaut ein Pferd und versteckt es noch nicht einmal!“

Sie gingen auf das Pony zu. Bibi kraulte seine Mähne.

„Na, mein Kleiner, du guckst ja so traurig. Hast wohl Sehnsucht nach der schönen

Wiese bei uns? Das kann ich mir gut vorstellen. Aber keine Angst, wir werden ..."

Da wurde sie von einer nur allzu bekannten Stimme unterbrochen: „Hallo, Signorine!", sagte Direktor Rondelli, der unvermutet hinter ihnen aufgetaucht war. „Wie ich sehe, habt ihr das Pony schon gefunden. Ihr habt Snoopy gesucht, nicht wahr?"

„Wie kommt Snoopy hierher?", fragte Tina vorwurfsvoll.

„Na, von allein! Auf seinen vier Hufen!"

„Das ist unmöglich!", entgegnete Tina. „Wie soll ein Pony ein Gatter öffnen?"

„Ohhh!" Direktor Rondelli machte ein wichtiges Gesicht. „Snoopy ist Weltmeister im Hochspringen! Deshalb ist er ja auch beim Zirkus. Er springt locker über einen Meter achtzig hoch."

„Soso!" Bibi schürzte verächtlich die Lippen. „Da ist er wohl von allein über den Zaun gesprungen und hierher gelaufen?"

„Aber natürlich, mein Kind!" Direktor Rondelli begann die Lügengeschichte all-

mählich selbst zu glauben. „Er hat Heimweh nach seinem Zirkus gehabt."

Bibi versuchte es jetzt andersherum: „Herr Direktor! Sie waren doch auf der Koppel, nicht wahr?"

„Ich? Auf der Koppel?" Er setzte sein unschuldigstes Gesicht auf. „Niemals! Ich weiß doch gar nicht, wo eure Koppel ist."

„Da kommt man automatisch dran vorbei und die Pferde sind vom Weg aus sofort zu sehen."

„Hör mal zu, Kleine!" Plötzlich funkelten Rondellis Augen böse. „Soll das hier vielleicht ein Verhör sein? Seid ihr etwa die Polizei?"

„Nein!", antwortete Bibi. „Aber die können wir holen. Das geht ganz schnell!"

„Aber weshalb?" Der Direktor bekam es ein wenig mit der Angst zu tun.

„Weil wir den Verdacht haben", sagte Tina mit fester Stimme, „dass Sie Snoopy gestohlen haben! So, jetzt wissen Sie's!"

„Ich? Snoopy gestohlen?" Er lachte trocken auf. „Snoopy ist von allein gekommen. Außerdem, wie kann man denn sein persönliches Eigentum stehlen? Verratet mir das bitte mal."

„Was? Ihr Eigentum?" Bibi war baff.

„Ich glaub, ich hör nicht richtig!", rief Tina.

„Snoopy gehört dem Zirkus. Klar? Und der Zirkus gehört mir. Auch klar?"

Bibi konnte sich kaum noch beherrschen. „Tina!", sagte sie drohend. „Ehe ich aus Versehen diesen ... diesen Menschen wieder in einen Floh verhexe, würdest du ihm bitte ganz schnell erklären, wem was gehört und warum?"

„Lächerlich!" Direktor Rondelli machte Anstalten zu gehen. „Diesen Unsinn höre ich mir doch gar nicht an."

„Oh, ja! Das werden Sie!", rief Bibi mit schneidender Stimme. „Na los, Tina! Fang an!"

Tina streckte die abgespreizten Finger ihrer linken Hand aus und begann abzuzählen. „Erstens. Sie wollten Snoopy zum Schlachter bringen. Zweitens. Wir wollten ihn retten, konnten ihn aber nicht bezahlen."

„Na bitte!" Rondelli grinste frech. „Was wollt ihr dann noch von mir?"

„Drittens. Dann ist Bibi in Ihrer Nachmittagsvorstellung aufgetreten. Es war die beste Vorstellung, die Sie je hatten. Viertens. Das war der Kaufpreis."

„Danke, Tina", sagte Bibi. „Damit ist ja jetzt alles klar. Wir nehmen Snoopy gleich mit."

„No! No! No!" Der Direktor hob beschwörend die Hände. „Das ist alles ein kleines Missverständnis. Ich habe euch das Pferd bloß geliehen, aber nicht verkauft. Das mit dem Schlachter war doch nur ein kleiner Scherz meinerseits. Haha!" Er lachte gekünstelt. „Das Pony war auch nie verletzt, es springt so gut wie immer. Soll ich es euch zeigen?" Er schaute das Pferd an. „Konzentration, Snoopy! Allez, hopp!" Dann blickte er sich suchend um und murmelte: „Wo ist denn bloß meine Peitsche? Na, egal. Ich zeige es euch ein anderes Mal. Heute Nachmittag in der Vorstellung. Ihr seid natürlich herzlich eingeladen."

„Schönen Dank!", erwiderte Bibi. „Wir verzichten. Und Snoopy wird auch nicht da sein, weil wir ihn jetzt nämlich mitnehmen."

„Sie müssen wissen", klärte Tina mit spitzbübischem Lächeln den Direktor auf, „Pferdekauf wird bei uns nämlich mit Handschlag besiegelt. Ich habe selbst gesehen, wie Sie Bibi die Hand gegeben haben."

Rondelli protestierte: „Handschlag? Na, hör mal! Das war der Vertrag für den Auftritt. Auch im Zirkus macht man Verträge mit Handschlag. So, und jetzt entschuldigt mich, ich habe zu tun."

Er nickte kurz mit dem Kopf, nahm Snoopy am Halfter und führte ihn weg. Wie belämmert blieben Bibi und Tina allein vor dem Zelt zurück. Sie wussten, dass sie Recht hatten. Sie wussten auch, dass Signor Rondelli gelogen hatte. Er war auf der Koppel gewesen. Aber wie sollten sie das diesem Fiesling beweisen? Sie konnten es nicht. Niedergeschlagen nahmen sie auf Kartoffelbrei Platz und flogen zum Martinshof zurück. Sie waren verwirrt, traurig und empört. Alles zusammen.

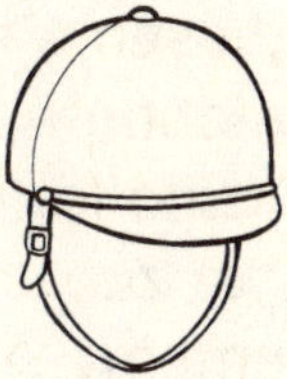

Der Beweis

Daheim nahm Holger die beiden Freundinnen erst einmal in die Arme und tröstete sie. Er machte ihnen eine heiße Tasse Schokolade und zu dritt berieten sie am Küchentisch die Lage.

„Nehmt es doch nicht so schwer, ihr zwei“, sagte er. „Snoopy ist eben ein Zirkuspony und in den Zirkus gehört es. Hier hat es sowieso bloß um sich gebissen.“

„Das wäre in ein paar Tagen vorbei gewesen!“, erwiderte Tina trotzig.

„Eine Gemeinheit ist das mit dem Handschlag!“, regte sich Bibi auf. „Das war ein Missverständnis und jetzt stellt er es so hin, als ob ...“

„Moment mal!“, unterbrach Holger sie.

„Wenn er knallhart ist, dann stellt er sich auf den Standpunkt: Kinder dürfen noch keine Geschäfte abschließen, also hat er Snoopy gar nicht an dich verkaufen können."

Bibi war stinksauer. „Grrr! Ich hätte ihn für immer als Zirkusfloh rumkrabbeln lassen sollen. Das hätte er verdient!"

„Jetzt regt euch wieder ab", versuchte Holger die Mädchen zu beruhigen. „Macht Schluss, vergesst die Geschichte mit dem Pony. Max und Moritz müssen gesattelt werden. In zwanzig Minuten kommen Kinder, die reiten wollen."

„Okay", meinte Tina seufzend, „dann kommen wir wenigstens auf andere Gedanken. Auf geht's, Bibi!"

Als sie draußen im Hof waren, wandte sich Holger an seine Schwester: „Warte, Tina! Nimm zur Sicherheit deine Dressurpeitsche mit. Die habe ich auf dem Weg an der Koppel gefunden, als ich die beiden Dicken geholt habe."

„Meine Dressurpeitsche?", fragte Tina

verblüfft. „Die steht oben in meinem Zimmer. Die habe ich lange nicht mehr benutzt. Die muss schon ganz eingestaubt sein."

„Dann muss es deine sein, kleine Hexe", wandte Holger sich an Bibi. Diese hob abwehrend die Hände.

„Ich brauche keine, Peitsche, ich bin eine Hexe!" Auf einmal hatte sie einen Geistesblitz. „Zeig mal her, Holger." Sie nahm die Peitsche in die Hand und betrachtete sie genauer. Plötzlich stieß sie einen Pfiff aus.

„Wow! Tina, das ist es! Schau mal hier, auf dem Griff. Was liest du da?"

„Ich würde sagen, das ist ein verschnörkeltes R."

„Und du, Holger?"

„Ein geschnitztes R."

„Mensch, Bibi!" Jetzt verstand auch Tina.

„Na, hat's gefunkt? R wie Rondelli! Na warte, Direktorchen!" Sie lächelte grimmig und blickte in Richtung Falkenstein, wo der Zirkus gastierte. „Wir nehmen die Einladung an, Signor Rondelli, und bringen Ihnen Ihre Peitsche zurück!"

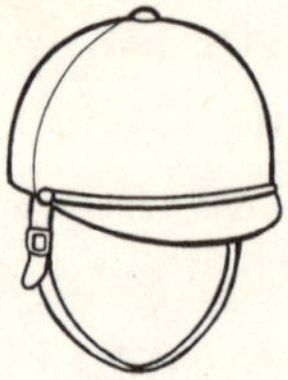

Lügen haben kurze Beine

Ja! Jetzt herrschte auf dem Martinshof wieder eine prächtige Stimmung. Die Beweislage war ja eindeutig: Signor Rondelli hatte seine Peitsche bei der Koppel liegen gelassen. So viel stand fest. Was die Martins und Bibi aber nicht wussten, war die Tatsache, dass der Zirkusdirektor nach Hoheits Attacken die Peitsche zur Seite gelegt hatte, weil er beide Hände brauchte, um Snoopy an sein Auto zu binden. Tja, und da hatte er in der Hektik das gute Stück im Gras liegen gelassen. Und Holger hatte die Peitsche mit dem verschnörkelten R prompt gefunden. Dumm gelaufen für Direktor Rondelli!

Dieser aber wusste noch nichts von seinem Pech. Er leitete die Nachmittagsvorstellung, als ob nichts gewesen wäre. Bibi und Tina hatten sich auch eingefunden und waren von Rondelli mit hämischem Grinsen persönlich zu ihren Plätzen geführt worden.

„Dem wird das Lachen noch vergehen!“, zischelte Bibi ihrer Freundin zu.

„Hoffentlich!“

Tina freute sich schon auf Bibis unerwarteten Auftritt. Aber jetzt war erst einmal Rondelli mit seiner Dressurnummer an der Reihe. Er betrat mit Snoopy die Manege und hielt eine Rede an das verehrte Publikum.

„Meine Damen und Herren! Liebe Kinder! Ich darf Ihnen eine weitere Sensation unseres Zirkus präsentieren: den Weltmeister im Hochsprung. Jedoch ist dieser Champion kein Mensch, kein Olympiasieger ... Nein, es ist ein kleines, liebenswertes Pony! Manege frei für Snoopy!“

Ein Tusch ertönte und die Zuschauer applaudierten.

„Ah!“, fuhr Rondelli fort, „und da sehe ich

ja in der ersten Reihe Bibi Blocksberg, die uns gestern so viel Freude bereitet hat, mit ihrer Freundin Tina. Willkommen! Willkommen!“

Dann wandte er seine Aufmerksamkeit dem Pony zu. Einige Helfer hatten während seiner Ansprache ein paar Geräte in die Manege gebracht und aufgebaut.

„So, Snoopy, nun zeig uns mal, was du kannst. Wir fangen klein an. Der Balken hier am Hindernis liegt auf einem Meter zwanzig. Konzentration, Snoopy ...“

Das Pony trabte an, galoppierte eine Runde in der Manege, Rondelli ließ die Peitsche knallen und mit einem eleganten Sprung setzte Snoopy über die Latte. Tosender Beifall ertönte.

„Bibi!“, flüsterte Tina entsetzt. „Er hat eine Ersatzpeitsche!“

„Pff!“, entgegnete Bibi halblaut. „Die wird ihm keine Freude machen. Pass auf: *Eene meene Adlerschwinge, blöde Pferdepeitsche, klinge! Hex-hex!*“

Das hatte die kleine Hexe aber ganz leise

hinzugefügt. Niemand außer Tina konnte es hören, natürlich auch der Zirkusdirektor nicht. Der ließ die Stange höher legen und gab Snoopy ein neues Kommando.

„Die Höhe beträgt jetzt einen Meter und sechzig. Snoopy, Achtung! Konzentration! Spring, Snoopy! Spring!“

Wieder trabte Snoopy an. Rondellis Peitsche sauste durch die Luft, aber statt eines scharfen Knalls ertönte nur ein leises PLING! PLING! Snoopy galoppierte an der Latte vorbei, blieb dann stehen, scharrte mit dem rechten Vorderhuf und ließ einen Pferdeapfel fallen. Das Publikum lachte.

„Tja, meine Damen und Herren“, Herr Rondelli bekam einen roten Kopf und lächelte verlegen. „Er springt ohne einen richtigen Peitschenknall nicht. Ich weiß gar nicht, was mit meiner Peitsche los ist. Es ist heute eine Ersatzpeitsche, müssen Sie wissen.“

„Herr Direktor!“, rief Bibi durch das Zelt und hielt die Peitsche mit dem R hoch. „Ist diese vielleicht besser?“

Rondelli eilte auf Bibi zu.

„Ach, da ist sie ja, meine Lieblingspeitsche! Danke, Bibi Blocksberg, dass du sie hergehext hast."

„Ich habe sie nicht hergehext", sagte Bibi freundlich lächelnd. „Die Peitsche ist gefunden worden, weil Sie sie verloren haben." Sie machte eine kleine Pause und fügte dann mit lauter Stimme hinzu: „Auf der Koppel vom Martinshof nämlich, wo Sie angeblich nie waren!"

Direktor Rondelli wurde jetzt blass.

„Ich ... äh ...", stotterte er, „ich kann mir nicht erklären, wie die Peitsche dorthin gekommen sein soll."

„Aber ich!" Bibi stand auf und betrat die Manege. Rondelli folgte ihr verängstigt. Bibi drehte sich zu ihm um und sagte:

„Ich kann es Ihnen erklären. Sie haben Snoopy über den Koppelzaun springen lassen. Mit dem Knall dieser Peitsche. Wir haben ja gerade gesehen, dass dressierte Pferde nur auf Peitschenknall reagieren."

Direktor Rondelli sagte nichts mehr. Die

Beweise gegen ihn waren eindeutig. Aber Bibi war noch nicht fertig, jetzt kam ihr Superauftritt.

„Schauen Sie mir in die Augen, Herr Direktor!“ Rondelli folgte ängstlich dem Hexenbefehl. *„Eene meene Racheschwert, sei jetzt ein dressiertes Pferd! Hex-hex!“*

Als das typische Hexgeräusch verstummt war, brachen die großen und kleinen Leute im Zelt in schallendes Gelächter aus. Der Anblick, der sich ihnen bot, war auch zu komisch! Mitten in der Manege stand ein kleines schwarzes Pferd. Es trug eine Frackschleife um den Hals, einen Zylinder auf dem Kopf und schnaubte unruhig.

Bibi schwang die Dressurpeitsche über ihrem Kopf, dass es tüchtig knallte, und wandte sich an das begeisterte Publikum.

„Meine Damen und Herren! Darf ich Ihnen eine besondere Attraktion vorstellen: das neue Springpferd mit dem schönen Namen Rondelli, Direttore Rondelli. Also, mein Pferdchen ...“, sie schaute den verhexten Zirkusdirektor an, der kläglich drein-

blickte, „du hast vorhin, als du noch Direktor warst, die Stange auf einen Meter sechzig legen lassen. Jetzt wollen wir doch mal sehen, ob du das auch schaffst. Du, Snoopy“, sie blickte zu dem Pony, „kannst es dir in der Zwischenzeit gemütlich machen. Schau gut zu, vielleicht lernst du ja was.“

Dann wandte sie sich wieder an das „neue Springpferd“: „So, Direttore! Konzentration! Und hepp!“

Es blieb Rondelli nichts anderes übrig, als ebenfalls anzutraben und auf Bibis Peitschenknall hin über die Latte zu springen. Das Publikum belohnte seinen Sprung mit kräftigem Applaus. Dann musste der Direktor noch einmal ran. Wieder Applaus. Noch zweimal erhöhte Bibi den Balken und schließlich schaffte Direktor Rondelli sogar zwei Meter.

Schließlich erbarmte sich Bibi des völlig geschafften Direktors. Den richtigen Rückhexspruch hatte sie dieses Mal schnell bei der Hand und so stand Signor Rondelli kurz darauf wieder in voller Menschengröße in der Manege. Er schnaufte atemlos, seine schwarzen Haare waren nass vor Schweiß und der Zylinder hing völlig schief auf seinem Kopf. Die Leute auf den Zuschauerbänken sprangen auf und applaudierten minutenlang. Sie glaubten, dass der Trick zwischen dem Zirkusdirektor und der Hexe Bibi Blocksberg vorher abgesprochen worden war.

„Na, Herr Direktor, wie war's?“, fragte Bibi freundlich und wedelte lässig mit der Peitsche. „Soll ich den Balken noch höher legen? Wollen Sie noch mal Pferdchen spielen? Mit Peitschenknall und allen Schikanen? Sie brauchen es bloß zu sagen, dann bekommt das Publikum eine Zugabe.“

Rondelli hob abwehrend die Hände.

„No! No! No! Bitte nicht!“, jammerte er. „Gnade, kleine Hexe! Ich kann nicht mehr, ich bin völlig außer Puste. Ich brauche eine Pause!“

„Pause ist gut!“, rief Bibi strahlend. „Eine prima Idee! Meine Damen und Herren“, rief sie in das Publikum, „wir machen eine Pause! Bitte begeben Sie sich zu dem Getränkewagen. Dort stehen Cola und Limo für alle bereit, kostenlos natürlich! Direktor Rondelli lädt uns zu einer Erfrischung ein!“

Der Zirkusdirektor versuchte einen schwachen Protest. Bibi warf ihm nur einen kurzen Blick zu, dann fügte er sich in sein Schicksal. Jetzt war ihm sowieso schon alles egal.

„Kann ich wenigstens auch eine Limo haben?“, fragte er kläglich, als sich die Zirkusgäste über die kühlen Getränke hermachten.

„Hier!“, sagte Bibi gönnerhaft und gab ihm eine Flasche, die Rondelli in einem Zug leerte. „Haben Sie aber eigentlich nicht verdient. Doch ich will mal nicht so sein, Springen ist schließlich anstrengend.“

„Kann man wohl sagen“, schnaufte Rondelli und fügte dann zaghaft hinzu: „Geht ihr jetzt zur Polizei?“

„I wo!“ Bibi hatte plötzlich ihren großzügigen Tag. „*Wir* sind doch keine Unmenschen.“

„Das Angebot gilt aber nur, wenn Sie uns mit Snoopy gehen lassen“, mischte sich Tina in das Gespräch.

„Ja! Ja!“ Rondelli war alles recht. „Hauptsache, ich bin nicht wieder ein Floh oder ein Pferd. Es war einfach schrecklich!“ Es schüttelte ihn bei dem Gedanken an das, was er in den beiden Vorstellungen hatte mitmachen müssen.

„Och, das kann ich Ihnen versprechen“, meinte Bibi gut gelaunt. „Problemlos. Was mich betrifft, wir sind quitt, Herr Direktor Rondelli.“

Plötzlich verspürte sie einen Stoß gegen ihre Kniekehlen und ein lautes Meckern ertönte. Bibi drehte sich um.

„Oh! Hallo, Hoheit! Wie kommst du denn hierher?“

„Ui!“ Tina machte große Augen. „Ist das nicht niedlich? Hoheit ist den ganzen Weg vom Martinshof gelaufen, um seinen Freund Snoopy wieder zu sehen.“

Signor Rondelli fand es gar nicht niedlich, wie die beiden Tiere ihre Köpfe aneinander rieben und Töne der Wiedersehensfreude ausstießen.

„Dieser Ziegenbock ist an allem schuld!“, knurrte er. „Bloß, weil er sich eingemischt hat, habe ich meine Peitsche verloren.“

„Tja, Herr Direktor, so kommt hinterher alles ans Licht“, sagte Tina. „Er wollte eben Snoopy beschützen.“ Sie tätschelte den Kopf des Bockes. „Das hast du gut gemacht, Hoheit!“

„So!“, meinte Bibi fröhlich. „Nachdem jetzt alles ein gutes Ende genommen hat, können wir ja aufbrechen.“ Sie deutete einen höflichen Knicks an und sagte: „Herr Direktor, auf Wiedersehen. Es hat uns gefreut, Ihre Bekanntschaft machen zu dürfen. Leben Sie wohl!“

Mit säuerlichem Gesicht blickte Signor Rondelli der Vierergruppe nach, die sich auf den Heimweg machte. Tina und Bibi mit geschultertem Besen gingen voran, ihnen hinterher trotteten Hoheit und Snoopy.

Mit großem Hallo wurden sie von Frau Martin und Tina empfangen. Sie führten

Snoopy in seine Box, in der er sich ziemlich brav aufführte. Nach ein paar Tagen schon war er das liebste Pferd der Welt. Er biss nicht, er bockte nicht und als am Wochenende die neuen Reitergäste kamen, war er der Liebling aller Kinder. An jedem Nachmittag pünktlich um vier stand er bereit, um den Gästen ein Kunststück vorzuführen: Er sprang, von kräftigem Applaus begleitet, mit einem eleganten Satz über das hohe Eingangstor des Martinshofes. Ohne Peitsche natürlich.

„Er braucht das wohl“, sagte Bibi lachend zu ihrer Freundin Tina. „Er ist eben mit Leib und Seele ein Zirkuspony!“

Das Heiderennen

Nach Ulf Tiehm

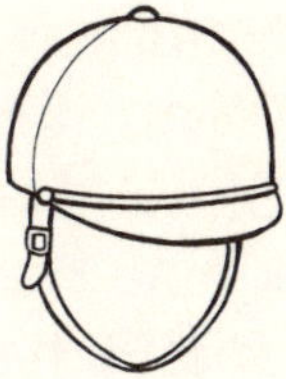

Freddy macht Ärger

Bibi Blocksberg, die kleine Hexe aus Neustadt, war jetzt schon über eine Woche auf dem Martinshof bei ihrer besten Freundin Tina zu Besuch. Eigentlich hätte es ja erst in den Sommerferien so weit sein sollen, aber gleich am ersten Tag der Osterferien hatte Bibi von Tina Martin ein Telegramm erhalten:

Liebe Bibi,
ich weiß es schon lange, wollte es dir aber nicht verraten, um dich zu überraschen: Sabrina bekommt ein Fohlen. In den nächsten Tagen muss es so weit sein. Kannst du kommen?
Deine Tina

Natürlich konnte Bibi. Ja, sie musste sogar! Wenn ihre geliebte Sabrina, die weiße Stute, Nachwuchs erwartete, konnte die kleine Hexe doch nicht daheim in Neustadt untätig herumhocken!

Bibi hatte in Windeseile ihren grünen Hexenrucksack gepackt, war auf ihren Hexenbesen Kartoffelbrei gestiegen und zum Martinshof geflogen. Dort wurde sie von Frau Martin und ihren Kindern Tina und Holger mit großem Hallo begrüßt! Die beiden Mädchen hatten sich natürlich furchtbar viel zu erzählen, es war ja auch schon lange her seit ihrer letzten Begegnung im vergangenen Jahr. Zum ersten Mal hatte Bibi nämlich Ferien auf einem Reiterhof machen dürfen und die Wahl ihrer Eltern war auf den Martinshof gefallen. Bibi war ihrer Hexenmama Barbara und ihrem Nicht-Hexenpapa Bernhard heute noch dankbar für diese herrlichen Sommerferien. Das Stadtkind Bibi war seitdem ganz vernarrt in das Landleben auf dem Hof der Martins mit den vielen Pferden und Ponys und all den Tieren, die zu einem Bauernhof gehörten.

Jetzt also verbrachte Bibi ihre zweiten Ferien bei den Martins. Gleich in der Nacht nach ihrer Ankunft kam Sabrinas „Kind“ zur Welt. Bibi war „Mutter“ geworden und hatte dem Kleinen sogar seinen Namen geben dürfen: „Felix“. So hieß das schwarze Fohlen von nun an.

Bibi verlebte herrliche Tage auf dem Martinshof und es wurde den beiden Freundinnen nie langweilig. Aufregende Dinge passierten ... Bibi und Tina retteten ein Zirkuspony vor dem Schlachter, Papi Blocksberg lernte während eines Kurzurlaubs bei den Martins das Reiten, Bibi kam einem Umweltsünder auf die Spur und erteilte ihm eine gehörige Lektion ... und ... und ... Halt! Nicht zu vergessen der Angeber Freddy, genannt der „Sheriff“, der ständig mit seinem stinkenden Motorrad die Gegend unsicher machte und den armen kleinen Felix über die Wiesen gehetzt hatte. Na, da war er aber bei Bibi Blocksberg an die Richtige geraten. Sie hatte ihm eine tüchtige Lektion verpasst!

Am heutigen Morgen ahnte Bibi noch nicht, dass sie mit dem Möchtegern-Cowboy wieder aneinander geraten würde. Sie saß mit den Martins gerade am Frühstückstisch in der geräumigen, gemütlichen Wohnküche, da klingelte das Telefon. Frau Martin hob ab, plauderte eine Weile und gab dann den Hörer an Bibi weiter.

„Morgen, mein Schatz!“, ertönte es aus der Muschel.

„Morgen, Mami!“, rief Bibi fröhlich. „Na, hat Papi seinen Reitunterricht gut überstanden? Tut der Popo nicht mehr weh?“

„Ja, er kann schon wieder normal sitzen.“ Frau Blocksberg unterdrückte ein Kichern. „Aber, hör zu, Bibi, weshalb ich anrufe: Ich brauche von dir ganz viele weiße Heidekrautblüten!“

Bibi runzelte die Stirn. „Weißes Heidekraut? Das habe ich noch nie gesehen. Rotes Heidekraut – ja. Aber weißes, und das jetzt, mitten im Frühling?“

„Doch, das gibt es“, gab Frau Blocksberg zurück. „Man nennt es auch ‚Schneeheide‘. Irgendwo bei euch in der Gegend wird doch bestimmt Heidekraut wachsen. Frag mal Tina, die kennt sich sicher aus.“

„Wozu brauchst du denn diese Schneeheide?“

„Ich muss für Papi einen neuen Hexentee brauen. Zur Beruhigung.“ Frau Blocksberg lachte kurz. „Er regt sich in den letzten Tagen wieder so auf, weil der Stadtrat nun doch beschlossen hat, die neue Umgehungsstraße nicht zu bauen.“

Jetzt lachte Bibi. Seit Jahren war die Umgehungsstraße, die Neustadt von dem Durchgangsverkehr befreien sollte, ein Streitpunkt zwischen Bürgermeister und Stadtrat und Bernhard Blocksberg war ein entschiedener Befürworter des Projekts.

„Okay, Mami“, sagte sie. „Ich kümmere mich darum. Ich werde diese Schneeheide schon finden. Sag Papi, er soll sich wieder abregen. Zur Not hexen wir beide die Straße hin.“

„Keine schlechte Idee", meinte Barbara Blocksberg. „Gut, das war's dann, mein Kind. Schöne Tage noch, bis bald. Denk dran, bald geht die Schule wieder los."

Bibi verzog das Gesicht. Schule! Igitt! Daran wollte sie an diesem schönen Frühlingsmorgen nun gar nicht erinnert werden. Sie gab ihrer Mutter zum Abschied einen dicken Schmatz durch das Telefon und legte dann auf.

„Einen schönen Gruß von meiner Mami", sagte sie, als sie wieder auf ihrem Stuhl in der Küche Platz nahm. Sie schmierte sich ein Marmeladenbrot – das dritte an diesem Morgen – und wandte sich dann, mit vollen Backen kauend, an Tina: „Du, sag mal, gibt's hier irgendwo in der Gegend Schneeheide?"

Tina nahm zwei große Schlucke Kakao, überlegte kurz und nickte dann.

„Ja, die gibt es. In der Heide hinter dem Steinbruch zwischen dem anderen Heidekraut. In rauen Mengen. So viel du willst."

„Sehr gut!", sagte Bibi mümmelnd. „Ich

soll nämlich für meine Mami so 'n Zeugs besorgen. Für einen ihrer speziellen Kräutertees. Das mache ich am besten heute gleich nach dem Frühstück, dann können die Kräuter noch trocknen. Kommst du mit?"

Tina antwortete nicht sofort. Sie schien zu überlegen.

„In die Heide ...?", fragte sie nach einer Weile gedehnt.

„Ja, in die Heide. Wir reiten natürlich. Bisschen Bewegung tut uns und den Pferden doch gut."

„Na ja", Tina zögerte immer noch. „Ich würde schon gern mitkommen, aber ..."

Bibi schaute ihre Freundin verständnislos an.

„Ist was, Tina?"

„Nee, was soll schon sein?", druckste Tina herum. Dann endlich rückte sie mit der Sprache heraus: „Also, wenn du es genau wissen willst ... ich bin nachher mit Alex verabredet. Beim Steinbruch."

Aha! Daher wehte also der Wind! Tina hatte ein Rendezvous mit Alexander von

Falkenstein, dem Sohn des Grafen Falko von Falkenstein. Tina und Alexander mögen einander sehr gern, sitzen in der Schule nebeneinander und treffen sich oft bei gemeinsamen Ausritten.

„Deswegen hast du jetzt so einen Aufstand gemacht?“ Bibi schüttelte den Kopf, dass die blonden Locken flogen. „Ist doch prima. Das passt doch wunderbar. Ihr trefft euch, quatscht eine Runde und ich gehe inzwischen Schneeheidekraut sammeln. Alles klar?“

„Alles klar!“ Tina seufzte erleichtert auf.

Frau Martin konnte ein leichtes Schmunzeln nicht unterdrücken. Ihre Tina und der Junior von Falkenstein, das junge Paar! Jaja, man hat es nicht leicht im Leben, wenn man das erste Mal verliebt ist.

„Ich brauche euch heute Vormittag nicht“, wandte sie sich an die beiden Mädchen. „Aber abgeräumt wird noch. Und Geschirr gespült auch. Damit wir uns verstanden haben!“

„Logo, Mami!“

„Klar, Frau Martin!"

Für Tina war es eine Selbstverständlichkeit, dass sie im Haushalt half, wo es nur ging.

Frau Martin hatte mit der Bewirtschaftung des Hofes und der Verpflegung von Feriengästen genug am Hals, seit vor ein paar Jahren ihr Mann gestorben war. Tinas Bruder, der achtzehnjährige Holger, fasste ebenfalls tüchtig mit an. Er war für die Stallungen und die Tiere zuständig und gab täglich einige Stunden Reitunterricht. Na, und dass Bibi im Haushalt ebenfalls zur Hand ging, war selbstverständlich. Sie war ja Gast auf dem Martinshof und brauchte für Unterkunft und Verpflegung nichts zu bezahlen.

Nach einer halben Stunde hatten die beiden Mädchen die Küche auf Hochglanz gebracht. Sie sausten hinauf in Tinas Zimmer, zogen sich rasch um und sattelten dann ihre Pferde. Bibis Lieblingspferd Sabrina musste wegen des Fohlens immer noch geschont werden. Aber auf Holgers Rappen

Pascal ritt sie auch sehr gern. Tina schwang sich in den Sattel von Amadeus, und dann ging die wilde Jagd los!

„Ein Lied! Zwei! Drei!" rief Bibi, als sie aus der Hofeinfahrt ritten. Das war das Stichwort für den Song, den sie beide selbst getextet und komponiert hatten:

Hufe klappern, Pferde traben,
springen übern Wassergraben,
über Stock und über Stein,
wer kann das wohl sein?
Das sind Bibi und Tina
auf Amadeus und Sabrina!
Sie jagen im Wind,
sie reiten geschwind,
weil sie Freunde sind!
Weil sie Freunde sind!
Und ist der Graben mal zu breit,
für Bibi ist das keine Schwierigkeit!
Aufgesessen, lang die Zügel,
sattelfest den Fuß im Bügel,
über Felder, über Weiden,
jeder kennt die beiden!

Nach einer Weile fielen die beiden Mädchen wieder in einen lockeren Trab, dann in einen gemütlichen Schritt. Sie genossen den Ausritt, atmeten in tiefen Zügen die milde Frühlingsluft ein und waren rundum zufrieden mit sich und der Welt.

Bibi blickte zum Himmel und versuchte, am Stand der Sonne die Uhrzeit zu schätzen.

„Wann seid ihr denn verabredet?“, fragte sie neugierig.

„Na, jetzt. Irgendwann. So gegen zehn haben wir ausgemacht. Alex ist bestimmt schon da. Der ist superpünktlich.“

„Dann wollen wir ihn nicht länger warten lassen“, meinte Bibi. „Wie wär's mit einem kleinen Wettreiten?“

„Immer!“ Tina stimmte begeistert zu und versetzte ihrem Pferd einen Schenkeldruck. „Los, Amadeus!“

Gleich darauf galoppierte auch Pascal los.

„Ich lass dich heute verlieren, damit dein

Alex dich nachher trösten kann!", rief Bibi lachend. „Okay?"

„Nee!", gab Tina zurück. „Lass mich gewinnen. Das hat er lieber."

Bibi tat ihrer Freundin den Gefallen. Eine ganze Weile lagen die beiden Pferde Kopf an Kopf. Als die Mädchen schließlich beim Steinbruch ankamen, wo Alexander auf seinem Hengst Maharadscha bereits wartete, hielt Bibi ihren Pascal auf den letzten Metern mit Absicht zurück. Tina dankte es ihr mit einem freundlichen Grinsen.

Alexander war von Tinas Begleitung gar nicht angetan.

„Hallo!", sagte er ein wenig unwirsch. „Ich dachte, ich wäre mit *dir* verabredet, Tina?"

„Sind wir auch, Alex. Bibi will hier in der Gegend Kräuter für ihre Mutter sammeln."

„Hi, Alex!" Bibi machte eine lässige Handbewegung. „Lasst euch nicht stören. Ich hab dich gar nicht gesehen, Alex. Ich bin schon weg!" Sie griff in die Zügel und lenkte ihr Pferd zur Seite. „Hü, Pascal! Ab mit

dir in die Heide! Das hier ist ein Zweiertreffen, da haben wir beide nichts zu suchen."

Bibi trabte davon und kurz darauf waren Pferd und Reiterin zwischen Bäumen und Gebüsch verschwunden.

„Du, entschuldige bitte!" Tina machte eine verlegene Handbewegung. „Aber ich kann nichts dafür. Ich konnte ihr schließlich nicht verbieten, dass sie mich ..."

„Macht doch nichts!", sagte Alexander. „Ist doch alles okay. Bibi ist nett, sagt ‚hi!' und weg ist sie. Was wollen wir mehr?"

„Nö! Nichts!" Tina atmete erleichtert auf. „Jetzt sind wir ungestört."

Kaum hatte Tina das Wort „ungestört" über die Lippen gebracht, da verzog sie auch schon schmerzlich das Gesicht. Die Stille des Morgens wurde von einem hässlichen Geräusch unterbrochen, das langsam näher kam und immer lauter wurde.

„Oh, Mann!", stöhnte Tina auf. „Das Geknatter kenne ich nur zu gut. Das ist Sheriff Freddy auf seiner Kiste! Keine Angst, Amadeus", beruhigte sie ihr Pferd, das aufgeregt tänzelte. Auch Maharadscha wurde ganz nervös bei dem Krach.

Da kam er auch schon angekurvt, der großmäulige Freddy mit Fransenhemd, Cowboystiefeln und Cowboyhut! Er hielt geradewegs auf Tina und Alexander zu und brachte dann seine Maschine knapp vor den beiden zum Stehen. Er gab im Leerlauf noch einmal dröhnend Vollgas und stellte dann den Motor ab.

Freddy bockte die Maschine auf, schob lässig den Hut ins Genick und warf sich in die Brust.

„Oh! Wen haben wir denn da?“, fragte er mit spöttischem Grinsen. „Das Liebespaar des Jahrhunderts! Ich störe doch wohl nicht?“ Sein Grinsen wurde noch breiter.

„Und ob du störst!“, blaffte Alex ihn an. „Du störst sogar gewaltig! Nicht nur du störst, sondern auch deine Mühle. Oder glaubst du, die Tiere freuen sich über den Lärm? Pferdeohren sind empfindlich.“

„Nicht mein Problem!“ Freddy machte eine wegwerfende Handbewegung. „Ich tue

keiner Fliege was zu Leide. Ich fahre nur harmlos durch den Wald."

„Ach nee! Und wo willst du hin?", fragte Tina.

„Oh! Das gnädige Fräulein Martin kann ja auch reden. Ich dachte schon, du bist vor Ehrfurcht erstarrt in Anwesenheit deines Grafen."

„Werde bloß nicht frech!", sagte Alex drohend. „Sag lieber, was du hier willst!"

„Das geht dich zwar nichts an", erwiderte Freddy patzig, „aber ich sag's dir trotzdem. Ich fahre zum Sandbahntraining in die Heide. Motocross ist mein Hobby, das weiß doch jeder."

„Ich weiß nur", warf Alex ein, „dass das hier gräfliches Gelände ist und die Heide erst recht. Da hast du mit deiner Kiste gar nichts zu suchen. Das ist Privatbesitz!"

„Privatbesitz! Privatbesitz!", höhnte Freddy. „Du glaubst wohl, weil euch Falkensteins hier die halbe Gegend gehört, kannst du dich aufspielen?" Mit diesen Worten saß er wieder auf und startete sein Motorrad.

„Du hast mir überhaupt nichts zu sagen! Kannst mich ja verklagen, wenn du willst!"

Freddy legte den ersten Gang ein und gab Gas! Erde und Steine spritzten auf und mit lautem Gedröhn bretterte er querfeldein davon in Richtung Heide. Dort kroch Bibi gerade auf allen vieren auf dem Erdboden herum und pflückte weißes Heidekraut. Als sie das Motorrad nahen hörte, richtete sie sich auf und schaute ärgerlich in die Richtung, aus der das Geräusch kam.

„Hey! Das ist ja Freddy!", sagte sie zu sich. „Der tickt ja wohl nicht richtig! Macht mit seinen Reifen die ganze schöne Heide kaputt. Na, warte! Dir werd ich's zeigen! *Eene meene bunte Kleckse, ich bin eine Schrumpelhexe. Hex-hex!* So, Freddy-Schätzchen, jetzt bekommst du den Schreck deines Lebens!"

Aus der kleinen Bibi Blocksberg war im Handumdrehen eine bucklige Hutzelgestalt mit einem hässlichen Gesicht geworden. Als Freddy nahe genug herangekommen war, stellte sie sich ihm in den Weg und rief mit krächzender Hexenstimme: „Hähähä! Halte an, du Satansbraten! Ich verhexe dich sonst in eine alte stinkende Kröte!"

Freddy ließ sich von der Gestalt, die wild mit den Armen fuchtelte, nicht beirren. Er gab Gas und hielt direkt auf Bibi zu.

„Aus dem Weg, Oma!", rief er. „Sonst fahre ich dich über den Haufen!"

Bibi sprang im letzten Moment zur Seite.

„Mist! Es hat nicht geklappt!", schimpfte sie. Aber sie gab sich noch lange nicht geschlagen. „Na gut", murmelte sie. „Ich kann auch anders: *Eene meene Pudelmütze, lande in 'ner großen Pfütze. Hex-hex!*"

Ein zweites Mal ertönte das typische Hexgeräusch und auf dem sandigen Heideboden war vor Freddy plötzlich eine riesige, schlammige Pfütze entstanden. Er konnte nicht mehr rechtzeitig abbremsen und fuhr direkt in die Pfütze hinein.

„Verdammt!", schrie Freddy auf. „Wo kommt denn die blöde Pfütze her?" Da rutschte auch schon das Hinterrad der Maschine weg und Freddy fand sich plötzlich im Matsch wieder. Fluchend richtete er das Motorrad wieder auf und schob es ins Trockene. Anschließend machte er sich notdürftig sauber und leerte das Wasser aus seinen Stiefeln. Den pitschnassen Cowboyhut klemmte er auf dem Gepäckträger fest und fuhr dann davon, ohne sich noch einmal umzublicken. Er fuhr sehr vorsichtig, wie Bibi feststellte, die sich bereits wieder zurückverwandelt hatte. Seelenruhig, als wäre nichts geschehen, wandte sie sich wieder ihrem weißen Heidekraut zu.

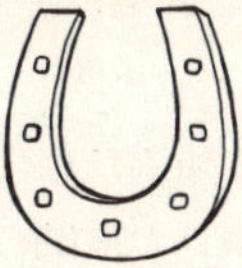

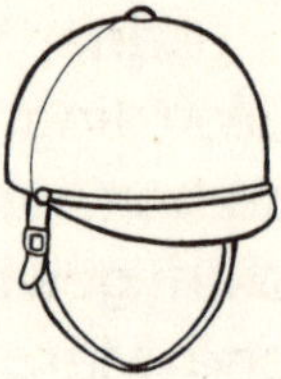

Der Streit

Einige hundert Meter weiter ging es nicht so seelenruhig zu, im Gegenteil. Zwischen dem „Liebespaar des Jahrhunderts" bahnte sich ein handfester Streit an.

„Du, Alex?", fragte Tina, „würdest du eigentlich jeden hier aus dem Wald verjagen?"

„Wieso?"

„Na ja, es klingt schon ziemlich blöd, wenn du sagst: Das ist Privatbesitz und hier hätte keiner was zu suchen."

„Aber es ist doch so!" Alex war leicht empört. „Uns gehört nun mal vieles hier und dieser Heini mit seinem Feuerstuhl muss ja nicht die Luft in unserem Wald verpesten!"

„Unser Wald!", äffte ihn Tina nach. „Wie das klingt! Irgendwie kann ich Freddy verstehen, dass er vorhin so motzig gegen dich gewesen ist. Du bist der große, reiche Märchenprinz und ich bin das arme Aschenputtel vom Bauernhof!" Tinas Augen blitzten, sie hatte sich richtig in Wut geredet.

„Ach, Quatsch!" Alex war es peinlich, dass ihn seine Freundin auf die gräfliche Herkunft ansprach. „Sag doch nicht so was zu mir."

„Warum denn nicht?" Tina ließ nicht locker. „Ihr Falkensteiner seid doch stinkereich und wir Martins sind ziemlich arm. Ist doch so, oder etwa nicht?"

„Du sollst so was nicht sagen!"

„Ich sag's aber! Weil es die Wahrheit ist!"

„Nun hör doch endlich auf damit! Was ist denn los mit dir?"

Alex war ganz verwirrt. Was war nur auf einmal in Tina gefahren? Sie war doch sonst nicht so, ganz im Gegenteil. In der Klasse galt sie als die Schüchternste und

Zurückhaltendste unter den Mädchen und jetzt auf einmal dieser Ton? Komisch!

„Ich sag dir noch was!“ Tina hatte sich regelrecht in Rage geredet. „Ich bin auch gegen Motocross in der Heide. Aber nicht, weil sie Privatbesitz ist, sondern weil man sie schützen muss! Das ist auch die Wahrheit!“

Jetzt wurde es Alexander von Falkenstein zu viel.

„Ich will solche Wahrheiten aber nicht länger hören!“, schrie er Tina an. „Von dir schon gar nicht! Mir reicht's!“

Mit diesen Worten riss er Maharadscha am Zügel herum, trabte an und war nach ein paar Sekunden zwischen den hohen Kiefern am Rand der Kiesgrube verschwunden.

„Alex! Was hast du denn?“, rief ihm Tina nach. „Bleib doch da!“ Sie machte ein klägliches Gesicht und fügte mit leiser Stimme hinzu: „Ich habe dir doch gar nichts getan!“

Sie bekam feuchte Augen. Plötzlich hörte sie Hufeklappern, das immer näher kam.

Schnell wischte sie die Tränen fort und putzte sich die Nase. Da war auch schon Bibi auf Pascal zur Stelle.

„Entschuldige die Störung!", rief Bibi fröhlich und brachte ihren Rappen neben Tina zum Stehen. „Aber hier im Wald gibt's leider keine Türen. Sonst hätte ich natürlich angeklopft, höflich, wie ich bin!"

„Ach, lass den albernen Quatsch!"

„Hey! Hey!", protestierte Bibi. „Wie redest du mit deiner besten Freundin? Ist was?" Sie blickte sich suchend um. „Wo ist denn dein Alex?"

„Fort." Tina blickte betreten zu Boden. „Einfach weggeritten."

Bibi pfiff leise durch die Zähne.

„Habt ihr Krach gehabt?"

„Na ja ...", Tina versuchte, die richtigen Worte zu finden. „Wie soll ich es ausdrücken ... Krach eigentlich nicht ... Ich habe nur was vom reichen Märchenprinzen gesagt und da war er gleich beleidigt. Und wie!"

„Stimmt doch aber", stellte Bibi fest. „Der Graf ist reich."

„Sag ich doch!“ Tina nickte heftig mit dem Kopf.

„Mach dir nichts draus!“ Bibi klopfte ihrer Freundin aufmunternd auf die Schulter. „Alex kommt schon wieder. Pack schlägt sich, Pack verträgt sich, sagt meine Tante Amanda immer.“

Tina warf ihr einen protestierenden Blick zu.

„Äh, entschuldige, Tina. Ist ein blöder Spruch, ich weiß. War ja nicht wörtlich gemeint.“

Tina lächelte ein wenig gequält.

„Er trifft auch gar nicht zu. Wir haben uns nicht gehauen.“

„Weiß ich doch. Kopf hoch! Ihr vertragt euch bestimmt bald wieder.“

„Kopf hoch!“, war leicht gesagt. Es gelang Bibi nicht, ihre Freundin aufzumuntern, auch nicht mit der Aufforderung zu einer Revanche im Wettreiten. So zockelten die beiden auf Amadeus und Pascal zurück zum Martinshof. Die gute Laune war dahin.

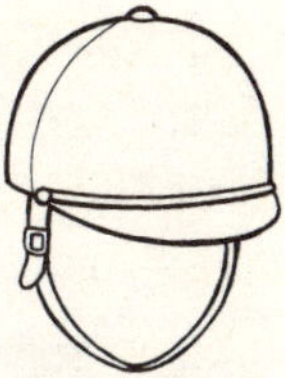

Karla Kolumna in Fahrt

Die trübselige Stimmung der beiden war allerdings schnell verflogen, als sie den Hof erreichten. Karla Kolumna, die rasende Rundfunkreporterin aus Neustadt, hatte sich eingefunden und wo Karla auftauchte, war immer was los!

Während Karla ihren Motorroller im Geräteschuppen abstellte und sich aus ihrer Montur schälte, sattelten Bibi und Tina so schnell sie konnten ihre Pferde ab und versorgten sie. Dann gesellten sie sich zu Karla und Frau Martin. Die beiden standen plaudernd vor der Tür des Wohnhauses.

„Mein Chef hat mir für ein paar Tage diese Gegend hier verordnet“, erklärte Karla und schüttelte ihre dunkle Mähne. „Ich darf

doch hoffentlich bleiben, ja? Ich schlafe notfalls auch bei den Hühnern im Stall. Sozusagen am Busen der Natur. Hahaha!“

„Aber nein, Frau Kolumna“, sagte Frau Martin freundlich, „das wird nicht nötig sein. Die Hühner stehen doch immer schon so früh auf. Wir haben selbstverständlich ein frisch bezogenes Gästebett für Sie.“

„Mit legefrischem Ei und frisch gemolkener Milch und frischer Landluft? Mit Stallgeruch und Kikeriki in aller Früh? Die Weltpresse dankt!“

Karla machte einen Diener nach allen Seiten.

„Wollen Sie ein paar Tage Urlaub auf dem Bauernhof machen, Frau Kolumna?“, fragte Bibi neugierig.

„Aber nein, Kindchen, wo denkst du hin? Die Arbeit ruft. Ich muss wieder mal meinen Kollegen Mike Mikro in Sachen Sport vertreten.“

„Hier in Falkenstein?“ Tina runzelte die Augenbrauen. „Was gibt’s bei uns denn schon für Sport?“

„Eben.“ Bibi kratzte sich nachdenklich hinter dem Ohr. „Ein Reitturnier steht nicht an, die Fuchsjagd ist schon gewesen ...“

„Aber, Kindchen!“ Karla setzte ein überlegenes Lächeln auf. „Davon redet doch keiner. Es geht um ein Sandbahnrennen mit Motorrädern!“

Bibi und Tina schauten sich verdutzt an, dann schauten sie Karla an.

„Sandbahnrennen?“, riefen sie wie aus einem Mund. „Hier bei uns?“

„Na klar doch“, antwortete Karla Kolumna und machte ein wichtiges Gesicht. „Motocross heißt das übrigens in der internationalen Fachsprache.“

„Und wo, bitte, soll das stattfinden?“, fragte Tina verwirrt.

„Keine Ahnung.“ Karla zuckte mit den Schultern. „Genaueres werde ich morgen bei der Pressekonferenz des Grafen von Falkenstein erfahren.“

Jetzt war es Frau Martin, die ein verdutztes Gesicht machte.

„Der Graf gibt eine Pressekonferenz zum

Thema ‚Sandbahnrennen‘!? Ist ja merkwürdig.“

„Das verstehe ich auch nicht so ganz“, fügte Tina hinzu. „Wer kommt denn da alles?“

„Kinder!“, wehrte Karla lachend ab. „Fragt mir keine Löcher in den Bauch. Fragen ist *mein* Job. Heute aber bin ich nicht im Dienst. Heute mache ich blau!“

Damit war das Thema „Sandbahnrennen“ fürs Erste erledigt. Morgen würden alle mehr wissen. Karla verbrachte den Rest des Tages mit Bibi und Tina. Nach dem Mittagessen legte sie sich für ein Stündchen hin und begleitete dann die beiden Freundinnen in den Stall und hinaus auf die Koppel. Von Sabrinas Fohlen Felix war sie hell entzückt und machte eine Reihe Fotos von Mutter und Sohn.

„Die besten Aufnahmen schicke ich euch natürlich“, versprach sie den Mädchen. „Und wenn die Fotos irgendwo abgedruckt werden sollten, dann erhaltet ihr das Honorar. Ist doch logisch!“

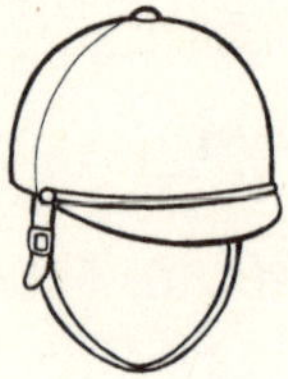

Falko von Falkenstein hält eine Ansprache

Der große Saal im Schloss Falkenstein war hell erleuchtet. Auf einem kleinen Podest stand ein Rednerpult, davor war ein Mikrofon befestigt. Einige Männer mit Fernsehkameras auf der Schulter standen bereit und auf den aufgereihten Stühlen saßen Reporterinnen und Reporter aus dem In- und Ausland. Sie warteten auf das Erscheinen des Grafen. Die meisten von ihnen aber warteten darauf, dass sie sich über das kalte Büfett hermachen durften, das an der einen Längswand aufgebaut war. Natürlich hatte sich auch Karla Kolumna pünktlich eingefunden.

Mit im Schlepptau hatte sie Bibi und Tina. Die beiden Mädchen hatten so lange ge-

bettelt, bis Karla sich schließlich erweichen ließ.

Plötzlich ertönte ein Raunen im Saal. Graf Falko von Falkenstein betrat den Saal. Mit zackigen Schritten ging er zwischen den Anwesenden hindurch und trat an das Pult. Er putzte umständlich sein Monokel, setzte es wieder auf, machte ein paar Mal „HÖMM! HÖMM!“ und begann dann seine Pressekonferenz.

„Meine Damen und Herren, Ladies and Gentlemen, Mesdames, Messieurs!“, schnarrte er. „Ich freue mich, die internationalen Medien hier auf Schloss Falkenstein begrüßen zu dürfen. Ich bin besonders stolz darauf, auf dem gräflichen Gelände ein so prominent besetztes Motocrossrennen veranstalten zu können. Es ist das erste in Falkenstein. Möge es nicht das letzte sein. Für Ihre Fragen stehe ich Ihnen nun gern zur Verfügung ...“

Ein Rundfunkreporter hob die Hand.

„Hoheit, was verstehen Sie unter ‚prominent‘ besetzt? Nennen Sie bitte Namen.“

„Nun“, fuhr Falko von Falkenstein fort und machte dabei ein wichtiges Gesicht, „da wäre zunächst einmal der russische Weltklassefahrer Furtzenitschewo, dann der Amerikaner Billy Mountainbiky. Besonders freuen wir uns, dass auch der Japaner Motoladi teilnimmt. Sie sehen also, es wird ein Spitzenrennen! HÖMM! HÖMM!“

„Hoheitchen!“, meldete sich Karla Kolumna mit honigsüßer Stimme zu Wort. „Wenn ich noch eine bescheidene Frage stellen darf: Was haben die Fahrer denn an? Ich muss auch noch einen Artikel für die Modeseite schreiben.“

„Ja, was haben die an?“ Der Graf schaute ein wenig verdutzt. „Rennanzüge aus Leder, nehme ich an. In den verschiedensten Farben. HÖMM! Ist damit Ihre Frage beantwortet, Frau Kolumna?“

„Rennanzug ist gut. Das hört sich schnell an, sehr schnittig. Schon notiert, Hoheitchen!“

„Wo findet denn das Rennen statt, Hoheit?“, fragte plötzlich Tina dazwischen.

Der Graf warf sich in die Brust. „Wir veranstalten das Rennen morgen ab elf Uhr vormittags auf dem gräflichen Heidegelände, das sich dafür besonders gut eignet."

„Was? In der Heide? Das kommt überhaupt nicht in Frage!", platzte Bibi vorlaut heraus.

„Genau! Da geht doch alles kaputt!", pflichtete ihr Tina bei.

Graf Falko von Falkenstein blickte die beiden Mädchen durch sein Monokel streng an und sagte mit eisiger Miene: „Ich kann mich nicht erinnern, dass ich Kinder zu dieser Pressekonferenz geladen habe. Ich ersuche die Minderjährigen dringend, den Raum zu verlassen!"

Tina zupfte ihre Freundin am Ärmel und zog sie rasch zur Seite. „Komm, Bibi, gehen wir lieber freiwillig, bevor er uns rausschmeißen lässt."

„Nein, Tina, das lasse ich mir nicht gefallen. Das machen wir anders." Bibi versteckte sich zwischen den Erwachsenen und ließ einen Hexspruch los: *„Eene mee-*

ne große Blässe, ich bin von der Auslands-presse. Hex-hex!" Dann fuhr sie mit verstellter Stimme, die einen französischen Akzent angenommen hatte, fort: „Monsieur, s'il vous plaît, die Bemerkung von dem Kind war sehr interessant. Haben Sie für das Rennen eine Genehmigung der Naturschutzbehörde?"

„Nein, die brauche ich nicht!", gab der Graf unwirsch zurück und suchte mit den Augen den Saal nach der unbequemen Fragerin ab. „Ich bin meine eigene Naturschutzbehörde!"

Damit war für ihn die Sache erledigt und er wandte sich wieder den Pressevertretern zu, die ihn mit technischen und organisatorischen Fragen bestürmten.

Für Bibi dagegen war die Sache noch keineswegs erledigt. Sie überlegte. Diesem eingebildeten Grafen würde sie es zeigen. Aber wie?

Plötzlich wurde sie in ihren Gedanken von lauten Stimmen unterbrochen. Bibi wandte den Kopf.

Die Stimmen kamen von draußen auf dem Gang, und es waren zwei Stimmen, die sie gut kannte. Eine kannte sie sogar sehr gut!

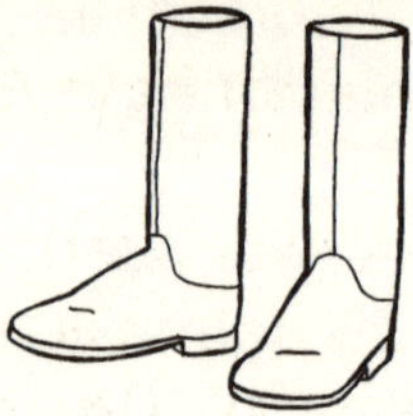

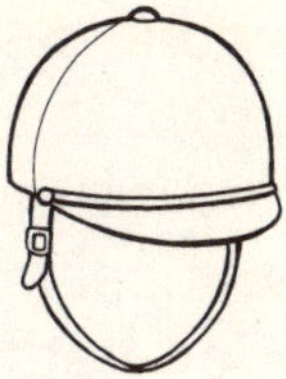

Der Knatsch nimmt kein Ende

Im Gang neben zwei alten Ritterrüstungen und vor einem riesigen Ölgemälde standen Tina und Alexander. Die beiden stritten, dass die Fetzen nur so flogen! Tina redete lautstark auf Alexander ein und gestikulierte wild. Halb hinter der offenen Flügeltür postierte sich Bibi. Von diesem Platz aus konnte sie jedes Wort hören, das die beiden sprachen.

„Ich möchte bloß mal wissen, warum du deinem Vater die blöde Idee mit dem Sandbahnrennen nicht ausgeredet hast!“, blaffte Tina.

„Das hat doch keinen Zweck“, wehrte Alexander ab.

„Aber sonst ist der junge Herr Graf doch

auch vorne dran mit seiner großen Klappe!"

„Hab dich doch nicht so!", fuhr Alexander seine Freundin an. „Wenn ein Reitturnier stattfindet, geht doch auch der Boden kaputt."

„Ja, aber das findet auf einer abgesperrten Wiese statt. Die kann man zur Not später umpflügen und Kartoffeln drauf pflanzen."

„Ach nee? Und wenn bei einer Fuchsjagd wie neulich an die hundert Reiter über Stock und Stein hetzen, was ist dann? Na?"

„Erstens machen die nicht so einen Lärm und zweitens hast du selbst gesagt, dass wir von der Jugendgruppe des Reitervereins uns mehr um die Erhaltung der Natur kümmern müssen!"

Alexander schwieg ein paar Sekunden lang und blickte zu Boden. „Na ja", sagte er dann gedehnt, „man muss seine Meinung auch mal ändern können ...!"

„Du machst es dir verflixt leicht!", brauste Tina auf. „Weißt du was? Mit so einem Ty-

pen wie dir will ich nicht länger befreundet sein!“ Sie fing an zu schluchzen und drehte Alex den Rücken zu. „Das war’s dann, junger Herr von Falkenstein!“

Sie eilte davon. Alex lief ihr nach. Wo der Gang einen Knick machte, blieb sie stehen.

Schade!, dachte Bibi. Jetzt bekomme ich nicht mit, wie es weitergeht. Aber ich habe genug gehört. Mehr als genug!

„Tina!“ Alex berührte sie vorsichtig an der Schulter. Sie gab keine Antwort.

„Tina!“ Er machte eine kleine Pause und fügte dann leise hinzu: „Wir brauchen das Geld. Wir sind fast pleite!“

„Waaas?“ Tina fuhr herum.

„Ja, es ist so.“ Alexander schaute in diesem Augenblick alles andere als vergnügt aus. „Deswegen hat mein Vater dem Veranstalter für das Motocrossrennen das Heidegelände verpachtet. Er musste es!“

„Aber ... ich dachte ...“, stammelte Tina, „ich dachte, ihr seid so reich?“

„Schön wär’s!“, sagte Alex mit verkniffenem Mund. „Der letzte strenge Winter hat durch Schneebruch viele Bäume zerstört und wir Falkensteiner leben nun mal von der Forstwirtschaft. Hast du geglaubt, wir gehen einmal in der Woche in den Keller und holen dort Geld aus einer riesigen Schatztruhe?"

„Nein, aber ..." Tina hatte einen versöhnlicheren Ton angeschlagen.

„Dann muss dringend das Schlossdach repariert werden", fuhr Alexander fort. „Die Heizung ist auch kaputt. Das geht alles ins Geld!"

„Bringt denn dieses Motorradrennen so viel ein?", wollte Tina wissen.

„Mein Vater sagt, die zahlen sehr gut und von den Eintrittsgeldern kriegen wir auch was ab."

„Entschuldige, Alex!" Tina war ganz zerknirscht. „Das wusste ich ja alles nicht."

„Ist schon gut", sagte Alexander begütigend und legte ihr den Arm um die Schulter. „Du darfst es aber niemandem sagen. Versprichst du das?"

Er streckte ihr die Hand entgegen. Tina schlug ein.

„Abgemacht!“

Ein bisschen mulmig war ihr dabei schon. Sicher, der Unterhalt eines großen Schlosses kostete viel Geld. Aber musste deshalb gleich ein Motocrossrennen in der schönen Heide stattfinden? Konnte das nicht woanders sein? Und nun durfte sie nicht einmal ihrer besten Freundin Bibi erzählen, warum das alles so war. Sie seufzte. Das würde noch Probleme geben!

Die Pressekonferenz war mittlerweile beendet. Karla Kolumna hatte als eine der Ersten den Saal verlassen und traf in der Tür auf Bibi.

Gemeinsam gingen sie den Gang entlang, auf Tina und Alexander zu.

„Also, Kindchen!“, schnatterte Karla. „Das war eine hochinteressante Pressekonferenz. Ich verstehe zwar nicht viel von Sport, aber auf die Weltklasse fahren unsere Leser immer voll ab. Die Welt wird in den nächsten Tagen nur noch von Falkenstein sprechen!“

„Ja! Und von der Umweltzerstörung!", warf Bibi ein.

„Also, Kindchen!" Karla Kolumna machte eine abwehrende Handbewegung. „Ich habe jetzt keine Zeit, mich über was aufzuregen und wieder abzuregen. Ich muss meinen Artikel schreiben und dann durchtelefonieren. Lass die gute Tante Karla arbeiten, ja?"

Mit diesen Worten rauschte die rasende Reporterin davon. Bibi trat auf Tina und Alexander zu.

„Die ist auch nicht besser als der Graf. Macht einfach die Augen zu." Mit leichter Verzweiflung in der Stimme wandte sich Bibi an ihre Freundin: „Sag du doch mal was, Tina!"

„Ach, ich finde, du übertreibst, Bibi!", antwortete Tina betont forsch. „Was heißt hier ‚Umweltzerstörung'. Sooo schlimm ist es ja nun auch nicht."

„Spinnst du?", rief Bibi empört und so laut, dass Tina zusammenzuckte. „Grad eben hast du noch in den Saal gerufen: ‚Da geht doch alles kaputt!‘ Und auf einmal soll das alles gar nicht mehr so schlimm sein? Du hast doch wohl eine Meise!“

Tina zögerte mit ihrer Antwort. So sauer hatte sie ihre Freundin noch nie erlebt. Was konnte sie bloß zu ihrer Verteidigung hervorbringen?

„Was soll da schon kaputtgehen?“, sagte sie leichthin. „Das wächst doch alles nach.“

„Wenn deine Sabrina auf die Wiese äpfelt und dabei ein bisschen Gras erstickt, das wächst natürlich nach. Klar! Aber wenn zig schwere Geländemaschinen durch die Heide pflügen, dann ist die zerstört. Endgültig!“

„Mensch, Bibi!“ Tina gingen langsam die Argumente aus. Wie könnte sie ihre Freundin bloß umstimmen? „Diese Motorräder bringen Zuschauer und Touristen. Und die bringen Geld. Die wollen das Schloss besichtigen und zahlen dafür Eintritt. Falkenstein wird berühmt! Verstehst du das denn nicht?“

„Nein!“ Bibi drehte sich um und ging

weg. „Du kannst ja Fremdenführerin werden!“, rief sie Tina über die Schulter zu. „Aber ohne mich! Tschau! Ich gehe. Ich brauche dringend frische Luft!“

Sie eilte die geschwungene Treppe des Schlosses hinunter und schnappte sich ihren Hexenbesen Kartoffelbrei, mit dem sie und Tina zur Pressekonferenz hergeflogen waren. Sie war sauer, fühlte sich unverstanden und enttäuscht. Wütend drehte sie ein paar Loopings, bis ihr fast schwindelig wurde. Nach einer Weile beruhigte sie sich. Sie hatte sich auf Kartoffelbrei ausgetobt.

Nun ging es ihr etwas besser. Sie beschloss, sich noch mal das Heidegebiet anzugucken. Sie flog eine lange Besenkurve und da lag es schon unter ihr mit weißem und rotem Heidekraut. Wunderschön war es anzusehen, wie ein gefleckter Teppich.

Sie sog gierig die frische Luft ein. Nach dem Mief in den alten Schlossgemäuern war das direkt eine Wohltat. Plötzlich aber stieg ein unangenehmer Geruch in ihr

empfindliches Hexennäschen. Abgase! Abgase von einem Motorrad. Wer fuhr hier in der Gegend Motorrad? Natürlich Freddy, der „Sheriff“!

Sie roch ihn und sie sah ihn. Aber er sollte sie nicht sehen.

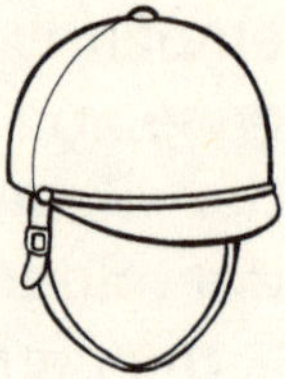

Bibi greift ein

„Achtung, mein Wuschel!“, befahl Bibi ihrem Hexenbesen. *„Eene meene Bummelzug, Kartoffelbrei im Flüsterflug. Hex-hex!“*

Leise landete sie hinter einigen Büschen, stellte Kartoffelbrei ab und pirschte sich vorsichtig an Freddy heran. Was tat er da?

Freddy rammte Schilder mit Pfeilen für das Rennen in die Erde und sprach mit sich selbst: „Das wird eine super Strecke! Ist doch gut, dass die jemand haben, der sich hier in dem Gelände gut auskennt ...“

Da ertönte das Knattern eines Motorrollers. Karla Kolumna, die rasende Reporterin, kreuzte auf. Bibi machte große Augen. Jetzt wird es bestimmt interessant, dachte sie.

Karla brachte ihren Roller zum Stehen, stieg ab und ging auf Freddy zu.

„Hallöchen, junger Mann!“, begrüßte sie ihn freundlich. „Können Sie mir sagen, wo es hier zur Rennstrecke geht?“

„Sie sind mitten drauf, Tantchen!“, antwortete Freddy lässig. „Wollen Sie hier vielleicht üben mit Ihrem Babyroller?“

„Beleidigen Sie mein Dienstgefährt nicht!“ Sie drohte neckisch mit dem Zeigefinger. „Ich bin Karla Kolumna, Pressetante von Beruf. Und wer sind Sie?“

Freddy zog mit übertriebenem Ernst den Hut und deutete eine Verbeugung an.

„Freddy. Erster Vorsitzender des Falkensteiner Motocrossvereins.“

„Ach. Interessant.“ Karla schoss schnell ein paar Fotos von Freddy. „Wie viele Mitglieder hat denn Ihr Verein, Herr Freddy?“

„Eins. Mich. Genügt doch wohl, oder?“

„Ah ja!“ Karla war ein wenig enttäuscht. „Und was machen Sie hier, wenn man fragen darf?“

„Ich markiere die Rennstrecke.“ Freddy

holte mit dem Arm aus und zeigte auf die Heidelandschaft. „Außer mir kennt sich ja hier keiner aus."

„Verstehe, verstehe!" Karla Kolumna hatte Block und Kugelschreiber aus ihrer Handtasche gekramt und schrieb eifrig mit. „Erzählen Sie mehr. Ich brauche Stoff für meinen Artikel."

Artikel? Freddy warf sich in die Brust. Die Tante, wie er sie genannt hatte, wollte etwas über ihn schreiben. Jau! Freddy aus Falkenstein würde in die Zeitung kommen! Das war doch was!

Freddy fuchtelte mit den Armen in der Luft herum, zeigte mal in diese, mal in die andere Richtung und erklärte seine Strecke.

„Also, passen Sie auf ... Start und Ziel sind auf dem großen Holzplatz da vorne. Dann geht es hier ins Gelände. Dahinten dann, wo die Sandkuhlen sind und wo die dicken Felsklamotten liegen, da habe ich ein paar Schikanen eingebaut. Da geht's dann ans Eingemachte."

„Aha, Eingemachtes", Karla Kolumna schaute ein wenig verwirrt drein, „Erdbeeren oder Kirschen, nehme ich an?"

„Haha!" Freddy lachte überlegen.

„Nein, nein, verstehe schon!" Karla verbesserte sich. „An der Stelle zeigt sich dann wohl, wer der Meister ist. Nicht wahr, junger Mann?"

Freddy nickte stolz. „Ich habe große Chancen", prahlte er, „ist doch schließlich meine Heimstrecke."

„Also, diese Schikanen würde ich mir gern mal ansehen. Was meinen Sie, schafft das mein kleiner Flitzer?"

„Na klar!" Freddy ging zu seiner Maschine, saß auf und startete sie. „Ich fahre vornweg, Tantchen, okay? Wir nehmen die leichtere Strecke. Los geht's!"

Kurz darauf setzten die beiden sich in Bewegung, Freddy auf seiner Geländemaschine und Karla Kolumna auf ihrem Motorroller. Aus ihrem Versteck heraus blickte Bibi Blocksberg ihnen verärgert nach.

„Dieser Freddy ist bloß auf das Fahren

scharf!“, schimpfte sie. „Und die Reportertante hat nur ihren Job im Kopf. Alle hier denken bloß an sich. Aber ich will nicht, dass hier ein Heiderennen stattfindet! Ich weiß auch schon, was ich tue!“

Na, was tat unsere Bibi Blocksberg, die kleine Hexe aus Neustadt? Genau! Sie hexte.

„Euer blödes Rennen könnt ihr euch an den Hut stecken!“, rief sie Freddy und Karla nach, die in halsbrecherischem Tempo durch das Heidegelände kurvten. *„Eene meene Hühnerdreck, alle Schilder sind jetzt weg. Hex-hex!* So“, fügte sie mit einem zufriedenen Blick hinzu, „jetzt ist die Heide wieder sauber. Die können ihr Rennen vergessen!“

Mit diesen Worten nahm sie ihren Hexenbesen Kartoffelbrei zur Hand und erhob sich mit ihm in die Luft. Der Martinshof war ihr Ziel. Unterwegs fiel ihr allerdings der Streit mit Tina wieder ein und das trübte ihre gute Laune natürlich.

Für den Rest des Tages gingen die bei-

den Freundinnen einander aus dem Weg und jedes der Mädchen übernahm freiwillig eine Arbeit auf dem Hof. Bibi nahm sich den Gemüsegarten vor und werkelte darin bis zum Abend, Tina brachte die Stallungen auf Hochglanz. Frau Martin war hocherfreut über den Einsatz der Mädchen, machte sich aber doch Sorgen. Was war bloß geschehen?

Sie versuchte zwar herauszufinden, was die beiden bedrückte, aber Bibi und Tina ließen sich auf kein Gespräch ein. Also gab es Frau Martin schließlich auf.

Beim Abendessen herrschte ein ungewöhnliches Schweigen. Holger versuchte die Stimmung mit ein paar lockeren Sprüchen aufzuheitern, hatte aber keinen Erfolg. Also hielt er für den Rest des Abends den Mund. Wortlos und ohne großen Appetit würgten die Mädchen ein paar Brote hinunter und machten sich dann für das Bett zurecht.

Eine halbe Stunde später waren in Tinas Zimmer, wo die Mädchen seit Bibis Ankunft auf einem gemütlichen Matratzenlager schliefen, die Lichter gelöscht. Aber es wurde nicht gekichert und getuschelt wie an den vergangenen Tagen. Eisiges Schweigen herrschte, sie hatten einander den Rücken zugekehrt und jede stellte sich schlafend. Aber Bibi schlief nicht und Tina schlief auch nicht.

Schließlich brach Bibi das Schweigen.

„Oh, Mann!“, stieß sie ärgerlich hervor. „Jetzt liege ich schon mindestens eine halbe Stunde hier auf der Matte und kann nicht einschlafen. Bloß, weil du plötzlich Motocrossrennen so supertoll findest!“

Tina antwortete nicht. Stattdessen begann sie leise zu schniefen und heulte dann richtig los.

Bibi fuhr herum. „Tina! Was ist denn los? Warum weinst du denn?“

„Ach, nichts!“, murmelte Tina mit tränenerstickter Stimme.

„Ach nichts! Ach nichts!“, äffte Bibi sie nach. „Natürlich ist was, nun rede doch endlich!“

„Es ist wegen Alex“, gab Tina leise zur Antwort. „Aber ich darf nichts sagen, ich habe es ihm in die Hand versprochen.“

„Ach, Mensch!“ Bibi rutschte zu Tina hinüber und nahm sie in den Arm. „Mir kannst du es doch sagen. Erstens bin ich deine beste Freundin und zweitens bin ich eine Hexe. Ich weiß tausend Geheimnisse, da werde ich ein Geheimnis mehr doch wohl für mich behalten können.“

Tinas Tränenstrom versiegte, sie putzte sich geräuschvoll die Nase und begann zu erzählen. Die ganze Geschichte ... von dem Streit mit Alexander, von dem fehlenden Geld, dem Schloss, den Holzpreisen und wie wichtig das Rennen für den Grafen wäre. Als sie geendet hatte, seufzte sie laut auf. Jetzt ging es ihr schon viel besser.

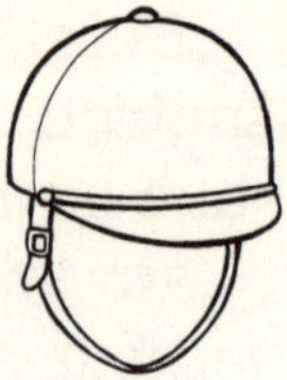

In geheimer Mission

„Verstehst du jetzt, warum ich plötzlich für dieses blöde Rennen bin, obwohl ich es gar nicht will?“

„Das verstehe ich schon“, gab Bibi nachdenklich zu, „aber in Ordnung ist das mit dem Rennen trotzdem nicht. Irgendwas muss man doch dagegen tun können.“ Sie richtete sich auf und umschlang ihre Knie mit den Armen. „Ich habe zwar heute schon all die blöden Schilder weggehext, aber das wird auch nicht viel nützen. Morgen stellt Freddy neue auf und das Ganze geht von vorn los. Nein, das ist kein Ausweg.“

„Du darfst das Rennen nicht weghexen!“, flehte Tina ihre Freundin an. „Mir zuliebe und auch wegen Alex!“

„Nein, ich tue es ja nicht“, sagte Bibi besänftigend. „Aber muss es denn ausgerechnet in der Heide sein?“

„Wo denn sonst?“

„Na, auf einem Stück abgesperrter Straße vielleicht?“

„Quatsch!“, meinte Tina. „Das ist doch dann keine Sandbahn, kein offenes Gelände.“

Bibi strengte ihre grauen Zellen an und dachte angestrengt nach.

„Ein Strand mit richtigen Dünen, das wäre ideal“, sagte sie. „Dort könnten die rumdonnern, bis ihnen das Benzin ausgeht. Aber einen Strand herhexen, das kann ich leider nicht. Das kann nicht mal meine Mami und die kann alles. Fast alles!“, setzte sie hinzu.

„Strand ... Strand ...“, murmelte Tina nachdenklich. „Einen Sandstrand haben wir nicht, aber einen steinigen Strand. Am Baggersee in der Kiesgrube.“

Bibi fuhr wie elektrisiert hoch.

„Kiesgrube? Wo ist die denn?“

„Na, hinter der Heide“, erklärte Tina. „Da gehen wir im Sommer immer baden. Da ist es ganz toll!“

„Mensch, Tina!“ Bibi war begeistert. „Das ist ja super. Die Kiesgrube muss ich sehen!“

„Okay!“ Tina gähnte herzhaft und kuschelte sich in ihre Decke. „Gleich morgen früh. Aber jetzt schlafen wir erst mal. Ich bin hundemüde. Es war ein stressiger Tag heute.“

„Nein!“ Bibi rüttelte Tina an der Schulter. „Sofort! Ich will sofort dahin.“

„Jetzt? Um diese Zeit? Es ist doch dunkel draußen! Bibi, du spinnst ja!“

„Ach was!“ Bibi warf die Bettdecke zur Seite und huschte zum Fenster. „Schau mal raus, der Mond scheint, und am Himmel ist kein Wölkchen zu sehen. Ein Nachtritt macht Spaß und für die Pferde ist es auch was anderes.“

Brummelnd erhob sich Tina von dem gemeinsamen Lager.

„Also bringen wir es hinter uns, wenn das

Fräulein Blocksberg ihren Willen haben muss“, sagte sie und schlüpfte in ihre Klamotten. Bibi folgte ihrem Beispiel und nach ein paar Minuten huschten die beiden auf Zehenspitzen aus dem Zimmer, die Treppe hinunter, zur Tür hinaus und in den Pferdestall.

Pascal und Amadeus staunten nicht schlecht, als sie plötzlich aus den schönsten Pferdeträumen gerissen wurden, und schnaubten unwillig. Aber Bibi hatte sogleich einen Hexspruch für die Pferde auf Lager.

„*Eene meene Ach und Krach, ihr beide seid jetzt richtig wach. Eene meene Treppenstufe, leise sind die Pferdehufe. Hexhex!* So, jetzt hört uns niemand! Ab geht die Post!“

Bibi und Tina sattelten die Pferde und führten sie aus dem Stall. Der Hexspruch wirkte, kein Hufeklappern war auf dem gepflasterten Innenhof zu hören. Die Mädchen schwangen sich in die Sättel und nach ein paar Minuten bereits war der

Martinshof hinter dem Wald verschwunden.

Es machte ihnen Spaß, durch die kühle Nacht zu reiten. Der Mond ergoss sein fahles Licht über die Wiesen und brach sich zwischen den Bäumen des Falkensteiner Forsts. Käuzchen schrien leise und Fledermäuse huschten durch die Luft. Es war richtig romantisch, ja, fast geheimnisvoll, wie auf dem Kriegspfad in geheimer Mission. Endlich hatten sie den Rand der Heide erreicht und blickten auf eine riesige Kiesgrube hinunter. In der Mitte der Grube lag ein kleiner See.

„Wahnsinn!“, entfuhr es Bibi. „Das ist ja ein idealer Badeplatz. Warum kenne ich den noch nicht?“

„Du warst ja erst einmal auf dem Martinshof. Letztes Jahr. Und da sind wir nicht zusammen zum Baden gegangen.“

„Schade, dass es noch nicht Sommer ist“, meinte Bibi bedauernd. „Sonst würde ich mich sofort ausziehen und ins Wasser hüpfen.“ Dann besann sie sich auf den Grund ihres nächtlichen Ausflugs und frag-

te: „Warum hat der Graf denn dieses Gelände nicht für das Rennen genommen?"

Tina zuckte mit den Schultern.

„Was weiß ich? Ich denke, der Motocrossclub hat die Heide eben besser gefunden."

Bibi grinste spitzbübisch.

„Das wird sich noch zeigen, wer hier was besser findet!"

„Was hast du vor?"

„Wirst du schon sehen, Tina. Aber du und dein Alexander brauchen keine Angst zu haben. Das Rennen findet schon statt. Komm, wir schauen uns das Gelände mal genauer an."

Die beiden stiegen ab und kletterten mit den Pferden am Zügel einen schmalen Weg in die Kiesgrube hinunter. Das Ufer des kleinen Sees war von tiefen Baggerspuren zerfurcht. Bibi nickte gedankenverloren mit dem Kopf. Ja, das müsste hinhauen!

„Hast du gefunden, was du gesucht hast?", fragte Tina und gähnte herzzerreißend. „Gut, dann können wir ja wieder gehen. Mir ist kalt und ich sehne mich nach meinem warmen Bett!“

Warmes Bett? Das ließ sich Bibi nicht zweimal sagen.

„Komm, Pascal!“

„Komm, Amadeus!“

Die Mädchen machten kehrt, kletterten wieder heraus aus der Kiesgrube und in gestrecktem Galopp ging es zurück zum Martinshof. Auf leisen Hufen natürlich, denn Bibis Hexspruch wirkte so lange, bis die Pferde abgesattelt wieder in ihren Boxen standen. Wenige Minuten später schliefen die beiden Freundinnen wie die Murmeltiere. Sie wurden erst wieder wach, als der Hahn Hubert sein fröhliches Krähen ertönen ließ.

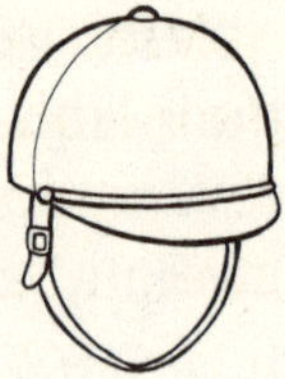

Das Rennen beginnt

Schon bei Tagesanbruch knatterten die ersten Rennmaschinen durch das Städtchen Falkenstein, drehten ein paar Runden, ließen die Auspuffe knallen und nahmen dann Kurs in Richtung Heide. Dort irrte „Sheriff“ Freddy wie ein aufgescheuchtes Huhn umher. Er vermisste etwas!

„Verdammt!“, schimpfte er vor sich hin. „Wo sind denn bloß meine Schilder? Da waren Saboteure am Werk! Jetzt muss ich noch mal heimfahren und neue besorgen. Dabei wollte ich doch ein paar zusätzliche Trainingsrunden einlegen ...“

Das war Pech für Freddy! Er konnte ja nicht wissen, dass Bibi Blocksberg wieder einmal ihre Hexenfinger im Spiel hatte.

Aber noch jemand war aufgeregt. Auf dem Holzplatz, wo sich allmählich die Fahrer mit ihren schweren Maschinen versammelten, sauste Karla Kolumna hin und her und nervte die Leute. Als sie Bibi und Tina entdeckte, schoss sie auf sie zu.

„Ach, Kinderchen!“ Ihre Stimme überschlug sich fast. „Ich bin ja so aufgeregt. Man hat mir ein tragbares Funkgerät mitgegeben, damit ich das Rennen live und direkt übertragen kann. Hach, und ich habe jetzt so ein Lampenfieber!“

Bibi konnte sich ein Schmunzeln nicht verkneifen.

„Soll ich Ihnen was zur Beruhigung hexen, Frau Kolumna?“

„Nein! Nein! Nicht nötig, Kindchen! Ich brauche die Aufregung, sonst wird mein Bericht ja sterbenslangweilig. Aber du könntest mir einen anderen Gefallen tun, Bibi!“

„Gern, Frau Kolumna. Was darf es denn sein?“

„Wenn das Rennen läuft, würde ich am liebsten auf deinem Besen mit dir über allem schweben und aus der Luft berichten. Da oben hätte ich eine sensationelle Aussicht!"

„Kein Problem!" Bibi war mit dem Vorschlag einverstanden und grinste in sich hinein. „Sie werden Ihr blaues Wunder erleben. Das wird super-sensationell!"

Nachdem das jetzt auch geregelt war, eilte Karla Kolumna davon und machte Interviews mit den Fahrern, die sich mit ihren Zweirädern nebeneinander an der Startlinie aufgestellt hatten. Kurz darauf ertönte lautes Hupen, und Butler Dagobert brachte in einer schwarzen Limousine den Herrn Graf Falko von Falkenstein zum Ort des Geschehens. Als der Graf ausgestiegen war, begrüßte er die Fahrer und die zahlreichen Zuschauer und Reporter mit einer eleganten Handbewegung und lächelte ihnen huldvoll zu. Butler Dagobert nahm aus dem Kofferraum des Wagens ein Megaphon und reichte es seinem Herrn.

Bevor seine Hoheit aber ein Wort sagen konnte, wurde er unterbrochen. „Sheriff"

Freddy zupfte ihn am Ärmel, machte ein wichtiges Gesicht und flüsterte ihm zu: „Die Strecke ist jetzt frei! Irgendwer hatte die Schilder geklaut, aber jetzt ist alles paletti, Herr Graf!“

Falko von Falkenstein blickte ein wenig verwirrt drein, denn er wusste ja nicht, dass Freddy Probleme gehabt hatte. Butler Dagobert schob den Jungen beiseite und probierte das Megaphon aus.

„Eins ... zwei ...!“, erscholl es über die Heide. Dann bekam der Graf die Flüstertüte überreicht und hielt eine kurze Ansprache.

„Liebe Sportfreunde und Motorradfans! HÖMM! HÖMM! Ich freue mich, dass Sie so zahlreich auf dem gräflichen Gelände erschienen sind, und hoffe, dass Sie ein spannendes Rennen erleben werden. Tja, dann ...“, er ließ seine Blicke über die Anwesenden schweifen, „dann eröffne ich hiermit das erste Falkensteiner Heiderennen. Auf die Plätze, fertig ...“

Er setzte das Megaphon ab. Butler Dagobert reichte seinem Herrn eilfertig eine

Schreckschusspistole und Graf Falko von Falkenstein feuerte in die Luft. „Los!“

Der Lärm, der nun einsetzte, war unbeschreiblich. Bibi und Tina hielten sich die Ohren zu. Karla Kolumna aber hopste aufgeregt auf der Stelle, hielt ihr Mikrophon vor den Mund und kommentierte das Geschehen.

„Liebe Hörerinnen und Hörer!“, begann sie ihre Liveübertragung. „Das war, wie Sie sicher vernommen haben, der Startschuss. Es ist dabei zum Glück niemand verletzt worden. Hahaha!“ Karla lachte über ihren eigenen Witz. „Hier ist was los! Markig brüllen die Motoren auf, die Fahrer geben Gas, Gas und noch mal Gas, sodass man hier an der Startlinie kaum noch atmen kann. Drum werde ich Ihnen ...“, sie rang nach Luft und bekam einen Hustenanfall, „werde ich Ihnen eben jetzt kurz was husten!“

Auch Bibi und Tina husteten, denn die Rennräder hatten Sand und Staub aufgewirbelt und die Abgase der Motoren nahmen ihnen den Atem. Als sich die riesige

Staubwolke gelegt hatte und die Fahrer schon außer Sicht waren, wandte sich Tina an ihre Freundin.

„Danke, Bibi, dass du nicht gehext hast."

„Hab ich nicht? Stimmt. Aber gut, dass du mich daran erinnerst. Es wird höchste Zeit." Sie blickte angestrengt in die Richtung, in die die Motorräder gefahren waren, und sagte laut einen Hexspruch: *„Eene meene bunte Bilder, zeigt zur Kiesgrube, ihr Schilder. Hex-hex!"*

Tina blickte ihre Freundin verblüfft an. Wie war das mit der Kiesgrube?

„Ich habe dir ja versprochen, dass das Rennen stattfinden wird, Tina", sagte Bibi lachend. „Nur eben anders. So, und jetzt entschuldige bitte, ich muss Frau Kolumna unter die Arme greifen."

Immer noch hustend, erstattete Karla Kolumna über den Äther ihren Bericht vom Heiderennen.

„Langsam legt sich der Dunst der Auspuffgase und ich kann die Hand wieder vor den Augen sehen, liebe Freunde draußen am Radiogerät. Die Fahrer sind mittlerweile davongedüst, aber ich werde sie verfolgen. Mit Hilfe einer landesweit bekannten Junghexe werde ich mich in die Lüfte begeben, um sozusagen aus der Vogelperspektive den weiteren Rennverlauf zu schildern. Liebe Hörerinnen und Hörer, erleben Sie live den Start in die Luft." Sie machte eine kleine Pause. „Das Wort hat nun Bibi Blocksberg!"

Bibi brachte ihren Besen in Startposition und setzte sich auf den Stiel. Karla Kolumna tat das Gleiche. Dann beugte sich Bibi vor und sprach in das Mikrophon: „Hallo, Leute! Der Startspruch für meinen Hexenbesen geht so: *Eene meene mei, flieg los, Kartoffelbrei. Hex-hex!* Und jetzt gut festhalten, Frau Kolumna. Wir heben ab!"

Kartoffelbrei machte seine typischen Fluggeräusche und wenige Sekunden später waren die beiden bereits in der Luft. Tina blieb allein am Boden zurück und überlegte krampfhaft, was Bibi im Schilde führte. Na, sie sollte es noch früh genug erfahren!

In kürzester Zeit hatten Bibi und Karla Kolumna die Gruppe der Motocrossfahrer eingeholt, die unter ihnen durch die Landschaft bretterten. Einige waren zurückgeblieben, andere hatten sich an die Spitze gesetzt, die angeführt wurde von ... Aber lassen wir Karla berichten!

„Es scheint sich da unten eine Sensation anzubahnen, liebe Hörerinnen und Hörer. Freddy, der Sheriff, ein waschechter Falkensteiner, scheint der Weltelite davonzufahren. Er hat sich von den übrigen Fahrern gelöst und liegt bereits einige Meter in Führung. Ein Außenseiter, auf den niemand gesetzt hat. Sensation! Sensation!" Karla bekam vor Aufregung feuchte Hände, fast hätte sie ihr Mikrophon fallen gelassen. „Nun verlässt er den Feldweg und biegt in das Heidegelände ein. Dort hatte ich gestern das Vergnügen, eine wirklich wilde Piste kennen zu lernen."

Auch Bibi hatte gesehen, dass „Sheriff" Freddy die Richtung geändert hatte. Sie lachte laut los.

Karla Kolumna schüttelte unwirsch den Kopf. Was gab es denn bei solch einem aufregenden Rennen zu lachen?

„Ja, was ist das?“ Ihre Stimme überschlug sich fast. „Was macht dieser Freddy denn da unten? Er bremst ab ... wendet ... fährt zum Feldweg zurück ... schaut auf das Schild. Sein Vorsprung wird immer kleiner. Was ist denn mit dem Schild?“

An Bibi gewandt, fügte sie hastig hinzu: „Geh tiefer, Kindchen, damit ich das Ganze besser sehen kann!“

„Gern.“ Bibi drückte Kartoffelbrei nach vorne und der Besen verlor an Höhe. „Wenn Sie wissen wollen, was mit dem Schild ist, das kann ich Ihnen sagen. Das Schild zeigt zur Kiesgrube, Frau Kolumna.“

„Aha!“ Nun sprach Karla wieder in das Mikrophon. „Ich erfahre gerade, das Schild zeigt zur Kiesgrube. Dieses Wort höre ich heute zum ersten Mal. Jetzt springt Freddy von seinem Motorrad, stellt sich mitten auf den Weg und fuchtelt wild mit den Armen. Und da kommt auch schon der Rest des

Feldes. Freddy ruft den Fahrern etwas zu ..."

Was Freddy rief, war trotz des Röhrens der Motoren für Karla und Bibi deutlich zu vernehmen.

„Hier abbiegen, Leute!", brüllte er und zeigte in die andere Richtung, weg von der Kiesgrube. „Das Schild ist falsch! Hört ihr nicht? Das Schild ist faaalsch!"

Doch die Fahrer schienen ihn nicht zu verstehen. Keiner von ihnen folgte Freddys Wink, alle steuerten auf die Kiesgrube zu.

„Meine Strecke! Meine schöne Strecke!", jammerte Freddy, als sämtliche Fahrer an ihm vorbei in die falsche Richtung gebraust waren.

„Ach, der Arme!", murmelte Karla. „Er tut mir so Leid."

„Mir nicht!", rief Bibi vergnügt. Sie zog Kartoffelbrei noch tiefer, brauste haarscharf über Freddys Kopf hinweg und rief ihm zu: „He, Sheriff! Vergiss das Rennen nicht! Die neue Strecke ist auch super! Kannst sie ja gleich mal abfahren! Hahaha!"

Karla Kolumna war argwöhnisch geworden.

„Steckst du etwa dahinter, Kindchen?", fragte sie argwöhnisch. „Was soll ich denn jetzt meinen Hörern sagen? Also, nein! Mir fehlen zum ersten Mal in meiner langen Reporterlaufbahn die Worte."

„Dann geben Sie doch mir das Mikrofon", bot sich Bibi an. „Ich kann Sie ja vertreten."

Karla Kolumna sträubte sich erst ein wenig, aber da es ihr im Moment tatsächlich die Sprache verschlagen hatte, gab sie das Mikrophon an Bibi weiter.

„Hallo, liebe Leute!", begrüßte die kleine Hexe ihre Hörer in Stadt und Land. „Hier spricht Bibi Blocksberg, die Ersatzreporterin. Wie Sie bereits von meiner Kollegin Karla vernommen haben, hat sich die Rennstrecke ein wenig verändert. Dem Grafen Falko von Falkenstein war die schöne Heide für ein Motocrossrennen einfach zu schade. Nun geht es in eine Kiesgrube, die an die Fahrer die allerhöchsten Ansprüche stellt. Und da!" Bibi legte Begeisterung in ihre Stimme, wie es sich für eine Sportreporterin gehört. „Da hat soeben das Feld den Rand der Grube erreicht und ..."

„Wunderbar! Ich habe meine Stimme wieder gefunden!", rief Karla dazwischen und riss Bibi das Mikrophon aus der Hand. „Liebe Hörerinnen und Hörer, eine traumhafte Landschaft breitet sich unter uns aus!"

Traumhaft? Bibi runzelte die Stirn. Was soll an einer Kiesgrube schon traumhaft sein? Aber wenn Karla Kolumna berichtet, ist eben alles schön. Spannend allerdings wurde das Rennen jetzt. Die ersten Fahrer fuhren mit dröhnenden Motoren die Kiesgrube hinab. Respekt!, dachte Bibi. Es gehört schon viel Geschicklichkeit dazu, bei diesem schwierigen Gelände im Motorradsattel zu bleiben.

Um alles besser und vor allem aus nächster Nähe sehen zu können, landete die kleine Hexe am Rand der Kiesgrube. Sie und Karla stiegen von Kartoffelbrei. Karla stieß einen begeisterten Kiekser aus.

„Joi!“, rief sie. „Da unten ist es ja noch viel schöner als in der Heide. Das ist ein Sandbahnrennen, wie es im Buche steht!“

„Na klar. Sag ich doch!“, meinte Bibi beipflichtend.

„Und dann noch der See mittendrin. Ein ausgesprochen lieblicher Kontrast“, schwärmte Karla Kolumna. „Einen tollen Platz hast du ausgesucht, Kindchen. Lob! Lob! Lob!“

Bibi strahlte. Das hatte ja wirklich prima hingehauen. Da fiel ihr plötzlich ein, wie sie dem Rennen einen krönenden Abschluss verschaffen konnte.

„Passen Sie auf, Frau Kolumna. Jetzt kommt das Beste: *Eene meene Krokodil, im Baggersee sei jetzt das Ziel. Hex-hex!*“

Plötzlich stand auf der kleinen Insel mitten im See groß und unübersehbar das Schild ZIEL. Die Fahrer schauten erst ein wenig verdutzt, dann rissen sie ihre Maschinen herum, gaben Gas und wühlten sich über die weichen Sandwege zum Wasser.

„U-und w-was sehe ich d-da?“ Karla Kolumna stotterte vor Aufregung. „Da klettert flink wie ein Eichhörnchen ein einzelnes Motorrad in die Kiesgrube hinunter und überholt das Feld. Mal links, mal rechts. Na, der Bursche hat Schneid! Ach, das ist ja Freddy, der vorhin schon fast aufgeben wollte!“

Mit weit aufgerissenen Augen schaute Bibi hinunter auf das Geschehen. „Sheriff“ Freddy ging wirklich aufs Ganze. Er steuerte zielstrebig auf das Wasser zu, überlegte keine Sekunde und tauchte mit einem lauten Platscher als Erster in den Baggersee.

Die anderen Fahrer folgten ihm dicht auf den Fersen und taten es ihm nach. Inzwischen hatte sich am Rand der Kiesgrube eine stattliche Anzahl von Zuschauern und Reportern eingefunden. Sie johlten und kreischten und sparten nicht mit anfeuernden Rufen, denn jetzt entwickelte sich in dem zum Glück nicht tiefen Baggersee eine regelrechte Wasserschlacht.

„Ich glaube, Freddy schafft’s tatsäch-

lich", kommentierte Bibi und kicherte in sich hinein.

„Ja, und da!", rief Karla begeistert. „Da taucht pudelnass aus den Fluten Freddy mit seinem Motorrad auf. Der Motor ist längst ausgegangen. Er schiebt und schiebt ... und schiebt seine Maschine ins Ziel! Jungfahrer Freddy hat das erste Falkensteiner Motocrossrennen gewonnen!"

Die Zuschauer applaudierten und sparten nicht mit Bravorufen. Bibi verzog das Gesicht. Sollte sie ihm den Erfolg gönnen? Ja, entschied sie. Schließlich hatte sie es ihm verflixt schwer gemacht und er hatte immerhin bewiesen, dass er doch ein recht guter Fahrer war.

Sie selbst hatte auch Grund zur Freude, denn dank ihrer Hexereien war die Heide verschont geblieben. Aber die Freude sollte nicht lange währen, denn da nahte schon Graf Falko von Falkenstein mit unheilvollem Schritt. Sein Monokelauge blitzte und sein Gesicht war hochrot vor Zorn. Er interessierte sich nicht für die internationale Rennfahrerelite, die sich teilweise immer noch in dem Baggersee tummelte. Die Reporter und Fotografen, die jetzt das Gelände der Kiesgrube stürmten, um die Ereignisse in Wort und Bild festzuhalten, kümmerten ihn ebenso wenig. Er hatte es auf Bibi Blocksberg abgesehen!

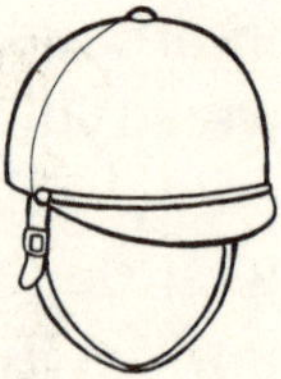

Eins zu null für Bibi

Auweh! Bibi zog den Kopf ein. Jetzt war ein Donnerwetter fällig! Aber sie war bereit, sich den Kopf waschen zu lassen. Schließlich war das alles nicht so ganz astrein gewesen, was sie veranstaltet hatte.

Drohend baute sich der Graf vor Bibi auf. „Bibi Blocksberg!“ Seine Stimme war auf dem gesamten Gelände zu hören. „Kannst du mir mal sagen, wie ich mich jetzt dem Veranstalter des Rennens gegenüber verhalten soll? HÖMM! HÖMM! Ich habe ihm die Heide verpachtet und nicht diese hässliche Grube! Ich weiß, dass du hinter all dem steckst. Du warst schon auf der Pressekonferenz gegen das Rennen. Also, was hast du zu sagen? HÖMM!“

Bibi schluckte tapfer. Gerade wollte sie zu einer Verteidigungsrede anheben, da kam Karla Kolumna angeeilt.

„Hoheitchen! Hoheitchen! Schimpfen Sie nicht!“, säuselte sie. „Ich habe gerade mit dem Teamchef gesprochen. Die Fahrer sind alle begeistert. Das Ziel auf der Insel ist genial! Sie sagen, die Fahrt durch das Wasser würde Menschen und Maschinen richtig fordern und darauf würde es bei einem Motocrossrennen ja vor allem ankommen.“

„So?“ Graf Falko von Falkenstein blickte die Reporterin argwöhnisch an. „Dann werde ich mein Geld also bekommen? HÖMM!“

„Geld? Was für Geld?“ Karla Kolumna verstand nicht gleich. „Ach, so. Natürlich. Das mit dem Geld geht klar. Aber was noch besser ist: Die Jungs wollen das nächste Rennen unbedingt wieder hier machen.“

Graf Falko von Falkenstein rang sich ein Lächeln ab und wandte sich an Bibi. Seine Stimme klang jetzt schon viel freundlicher.

„Tja“, sagte er, „dann muss ich mich wohl bei dir bedanken, Bibi Blocksberg. HÖMM! HÖMM!“

„Nö, Herr Graf!“, erwiderte Bibi munter. „Müssen Sie gar nicht. War mir ein Vergnügen. Aber warten Sie ... Den Fahrern will ich schnell noch was hexen.“ Sie warf einen Blick zu den Männern, die inzwischen ihre Maschinen wieder an Land geschoben hatten. „Die sind ja immer noch pitschenass. Also: *Eene meene Tagebücher, ihr alle habt jetzt Badetücher. Hex-hex!*“

Hocherfreut nahmen die Fahrer die weichen Tücher, die plötzlich auf ihren Schultern lagen, und rubbelten sich trocken. Dann saßen sie wieder auf und fuhren in Richtung Schloss. Karla Kolumna nahm auf Freddys Beifahrersitz Platz und Bibi und Tina flogen auf Kartoffelbrei voraus. Im Saal des Schlosses, wo am Tag zuvor die Pressekonferenz stattgefunden hatte, überreichte nun Graf Falko von Falkenstein den Siegerkranz an Freddy. Strahlend ließ dieser sich fotografieren und interviewen, gab Bibi und Tina anschließend freundlich die Hand und machte sogar einen Diener.

Alle waren glücklich. Karla Kolumna hatte eine tolle Story für ihre Zeitung, Freddy hatte das Rennen gewonnen, Graf Falko seinen Scheck bekommen und Alex und Tina waren wieder versöhnt.

Als die beiden Mädchen schließlich zum Martinshof zurückgekehrt waren, kam ihnen Frau Martin aufgeregt entgegengerannt.

„Bibi! Bibi!“, rief sie atemlos. „Deine Mutter hat schon ein paar Mal angerufen. Du sollst sofort zurückrufen!“

Hastig eilte Bibi ins Haus und wählte die Nummer ihrer Eltern in Neustadt.

Am anderen Ende hob Frau Blocksberg ab.

„Bibi! Schätzchen!“, sprudelte sie hervor. „Hast du an die Kräuter gedacht? An die Schneeheide?“

„Ja, sicher, Mami“, gab Bibi zurück. „Die sind längst gepflückt. Wieso hast du es denn so eilig?“

„Ach, Kind!“ Barbara Blocksberg seufzte laut. „Ich brauche sie dringend. Papi hat sich heute Nachmittag so aufgeregt, als er Karla Kolumnas Reportage im Radio gehört hat. Und als du dann gesprochen hast, ist er fast ausgeflippt. Aber ...“, fügte sie hinzu, „er war unheimlich stolz auf dich! Außerdem hat er gesagt, dass du ihm fehlst. Mir fehlst du auch, Bibi!“

„Ach, Mami“, sprach Bibi in den Hörer, „es sind ja bloß noch ein paar Tage, dann bin ich wieder bei euch. Dann sind die Osterferien zu Ende.“

„So lange halten wir es schon noch ohne dich aus“, sagte Frau Blocksberg. „Mach dir noch ein paar schöne Tage und grüße die anderen herzlich von mir.“

„Mach ich, Mami! Tschühüs!“

„Tschüs, Bibi!“

Bibi legte auf und seufzte. Das mit den Ferien war blöd, aber auch die schönsten Ferien gehen nun mal zu Ende. Sie nahm sich fest vor, die noch verbleibende Zeit auszunützen. Reiten, mit Tina quatschen und das Leben auf dem Martinshof genießen.

„Bibi! Kommst du?“, rief Frau Martin aus der Küche. „Es gibt Kartoffelpuffer mit Apfelmus.“

Da ließ sich Bibi nicht zweimal bitten. Das Heiderennen war gelaufen, jetzt war mit dem Hexen erst einmal Schluss! Frau Martins Kartoffelpuffer waren sensationell, keine Hexsprüche der Welt hätten sie besser machen können!

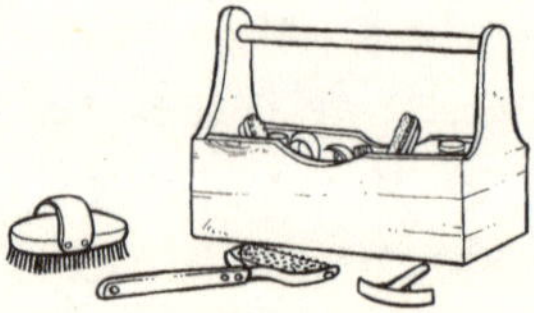

Der Abschied

Nach Ulf Tiehm

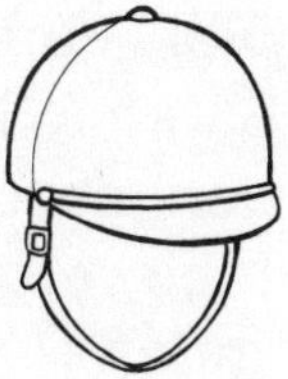

Bibi hat Sorgen

Wie für alle Kinder auf der Welt waren auch für Bibi Blocksberg die Ferien die schönsten Tage des Schuljahres. Die kleine Hexe aus Neustadt verlebte in diesem Frühjahr bereits die zweiten Ferien auf dem Martinshof nahe dem Dörfchen Falkenstein. Das erste Mal hatte sie im Sommer des vergangenen Jahres bei der Familie Martin herrliche Wochen verbracht und sich mit der vierzehnjährigen Tina Martin und der Schimmelstute Sabrina ganz dick angefreundet.

In diesem Jahr hatte sie zu Beginn der Osterferien von Tina eine schriftliche Einladung bekommen. Sabrina erwartete Nachwuchs, und dieses freudige Ereignis wollte

Bibi dann doch persönlich miterleben. Sabrina brachte einen gesunden kleinen Hengst zur Welt, den Bibi „Felix" taufte. Die Tage vergingen, einer war so schön wie der andere und Neustadt und Bibis Eltern waren weit weg. Vorgestern am Telefon hatte Barbara Blocksberg jedoch von „ein paar Tagen" gesprochen, die ihre Tochter noch auf dem Reiterhof der Martins verbringen würde, und da war es Bibi siedend heiß eingefallen: Die Schule rief! Die Osterferien neigten sich dem Ende zu!

Bibi war in Mathematik nicht die Allerbeste und hatte sich deshalb in ihr Reisegepäck das Mathebuch gesteckt. Vielleicht würde es ja einmal regnerisch und kalt sein und sie könnte mit Tina nicht ausreiten, hatte sie gedacht. Aber wie gesagt, ein Tag war schöner als der andere und ständig war etwas los gewesen. Wer wollte da schon Mathe üben?

Aber es half alles nichts.

Heute packe ich es an!, machte sich Bibi nach dem Frühstück Mut. Es hatte in der

Nacht zuvor geregnet, es war noch kühl und so gar kein Wetter für einen Ausritt. Absichtlich trödelte sie mit dem Abwasch herum, brachte die Küchenabfälle auf den Misthaufen und fütterte zum zweiten Mal am Tag die Hühner. Dann aber gab es keine Ausflüchte mehr. Sie musste ran!

Mit spitzen Fingern fischte sie das Rechenbuch aus ihrem Rucksack und setzte sich an den Schreibtisch in Tinas Zimmer. Tina leistete ihr Gesellschaft, aber rechnen musste Bibi natürlich allein.

„Wenn drei Lastwagen drei Anhänger mit einer Ladung von zusammen 45 Zentnern Kartoffeln ziehen, wie viele Zentner ziehen dann 5 Lastwagen?" Sie verdrehte die Augen und stöhnte, als hätte sie wieder mal zu viel Streuselkuchen gegessen. „Mann, ist das eine blöde Aufgabe. Total hirnrissig!"

„Soll ich dir helfen?", ließ sich Tina vom Bett aus vernehmen.

„Nee, danke!", wehrte Bibi ab. Sie hatte auch ihren Stolz. Aber meckern durfte man

doch wohl noch, oder? „Was interessieren mich Kartoffeln auf Lastwagen. Aus Kartoffeln macht man Bratkartoffeln oder Pommes und außerdem esse ich sowieso lieber Spagetti. Also ...“, sie steckte ihre Nase wieder in das Buch, „wenn drei Lastwagen drei Anhänger ... Ich kann es nicht!“

Sie schlug das Buch zu und knallte es auf den Tisch.

„Ich will es auch nicht!“

Sie verschränkte die Arme und machte ein trotziges Gesicht. Die Mathelehrerin in Neustadt sollte ihr gestohlen bleiben. Schließlich hatte sie Ferien. Basta!

„Dann hex dir doch die Lösung“, schlug Tina verschmitzt vor.

„Pfff! Geht nicht!“ Bibi machte eine abwehrende Handbewegung. „Ich muss es doch irgendwann können. Montag geht die Schule wieder los. Ich kann ja nicht den ganzen Unterricht lang hexen.“

Tina legte grübelnd den rechten Zeigefinger an die Nasenspitze. Dann hatte sie eine Idee.

„Wie wär's, wenn du die Aufgabe einfach umdichten würdest? Mach doch irgendwas mit Pferden draus, dann geht es vielleicht besser und macht dir mehr Spaß."

„Wie, umdichten? Wie, mit Pferden? Ah, ich kapiere!"

Jetzt strahlte Bibi, nahm sich ein Blatt Papier und begann zu kritzeln.

„Also, wenn drei Pferde drei Anhänger mit zusammen ... Na, klar!" Ihre Augen leuchteten. „Ist doch puppenleicht! 45 Zentner geteilt durch drei sind 15, mal 5 sind ... äh ... 75. Danke, Tina, das war eine prima Idee!"

Tina stand auf, ging zum Fenster und warf einen prüfenden Blick hinaus. Die letzten Wolken hatten sich verzogen und es schien wieder ein schöner Tag zu werden. Nicht mehr so warm wie bisher, aber immerhin war es ja auch erst April.

„Lass doch die blöde Rechnerei!", schlug Tina ihrer Freundin vor. „Komm, wir reiten aus und bewegen die Pferde ein bisschen."

„Das geht nicht!" Bibi machte ein jämmerliches Gesicht. „Ich muss noch weiterüben. Mami kontrolliert in ihrer Hexenkugel genau, was ich zur Zeit gerade mache. Wenn ich jetzt aufhöre, bekomme ich später daheim den größten Ärger!"

„So? Hexenkugel?", erwiderte Tina erstaunt. „Ich merke nix davon!"

„Ich schon. Du bist ja auch keine Hexe!" Bibi vertiefte sich wieder in ihre Rechenaufgaben. „Also weiter: Wenn fünf Bäcker in einer Nacht 400 Brötchen backen ... Oh, Mann!", schimpfte sie erneut. „Wieder mal völlig am Leben vorbei, die Aufgabe. Wie soll ich denn das in Pferde umbauen?"

Tja, da war guter Rat teuer. Auch Tina fiel diesmal nichts ein.

„Auweia! Das ist schwer!", musste sie zugeben. „Wenn fünf Pferde in einer Nacht 400 Brötchen backen? Nee! Das ist ein absoluter Käse!"

„Ich hab's!" Bibi grinste verschmitzt. „Pass auf, das machen wir so: Wenn fünf Pferde 400 Pferdeäpfel äpfeln... Ist doch fast so ähnlich wie Brötchen backen. Auf jeden Fall rechnet es sich so viel leichter."

Jetzt auf einmal flutschten die Rechnungen nur so. Bibi dachte einfach an die Pferde und die Hühner und die Enten auf dem Martinshof, nahm mal, zog ab, zählte etwas dazu, und nach einer guten halben Stunde klappte sie befriedigt das Mathebuch zu. Fertig!

„Aus die Maus!“, sagte sie zu Tina und räkelte sich wie eine schlaftrunkene Katze. „Ich spüre auch, wie Mamis Hexenkugelüberwachung nachlässt. Endlich! Was machen wir jetzt?“

„Na, was wohl!“ Tina sauste zum Kleiderschrank und griff nach ihren Reiterklamotten. „In den Stall! Auf den Hof! Ins Gelände!“

Das ließ sich Bibi nicht zweimal sagen. Im Nu hatten die beiden Mädchen sich umgezogen und waren in den Pferdestall gesaust. Auf dem Weg nahmen sie in der Küche noch schnell zwei verschrumpelte Äpfel und eine Hand voll Karotten mit, die sie an Felix verfütterten. Das schwarze Fohlen durfte diesmal mit. Brav lief es neben seiner Mutter her.

„Ja, Sabrina“, sagte Bibi zu der Stute und tätschelte ihr den Hals, „kannst stolz auf deinen Sohn sein. Ist ein starkes Kerlchen. Kann zwar noch nicht mit den Großen mithalten, aber hält sich ganz wacker auf seinen Beinen.“

„Hast recht“, stimmte Tina zu. „Wir könnten aber trotzdem mal eine kleine Rast einlegen. Felix ist ja noch nicht mal zwei Wochen alt. Schau, da drüben blühen ganz viele Schlüsselblumen. Pflücken wir einen Strauß für den Küchentisch?“

Bibi stimmte zu. Sie saßen ab und banden die Pferde an einer alten, knorrigen Weide fest. Während sie durch das frische, grüne Frühlingsgras stapften und Blumen pflückten, plauderten sie vor sich hin.

„Sag mal“, fragte Bibi, „wie ist denn die Schule bei euch in Falkenstein?“

„Also, mir macht sie Spaß!“, antwortete Tina. „Wir haben in Mathe einen super Lehrer. Von dem stammt auch die Idee mit dem Umdichten von Rechenaufgaben.“

„Du hast’s gut!“, meine Bibi betrübt. „Auf

so was käme die alte Schrulle bei mir in Neustadt nie. Ich habe schon mal ...", sie kicherte, als sie sich erinnerte, „die ganzen Bruchrechenaufgaben an der Tafel in lauter Micky-Maus-Gesichter umgehext, damit wir was zu lachen haben."

„Das hättest du bei uns nicht nötig. Unser Lehrer kann unheimlich gut zeichnen, er ist nämlich auch Kunsterzieher. Wenn du an die Tafel musst, kritzelt er vorher schnell ein Bild von dir in die untere rechte Ecke."

„Ich beneide dich!" Bibi verzog ihr Gesicht. „Ich muss ab Montag wieder leiden! Ich will gar nicht daran denken!"

Doch ob sie wollte oder nicht, Bibi dachte den ganzen Vormittag über an die Schule. Ihr Gesicht heiterte sich erst wieder auf, als sie zum Martinshof zurückkehrten. Dort war gerade Besuch eingetroffen: Dr. Robert Eichhorn, der Tierarzt aus Falkenstein und guter Freund der Familie Martin.

Die Mädchen stellten schnell die Blumen in eine Vase, Bibi schlüpfte wieder ins Kleid und dann eilten sie zu Roberts Jeep, der im Hof geparkt war. Um den Jeep herum standen Holger, Tinas Bruder, Frau Martin und Robert. Sie schauten ganz verzückt auf etwas auf dem Rücksitz des Wagens. Was konnte das wohl sein?

„Hallo, Robert!", rief Tina vergnügt.

„Tag, Onkel Doktor!", grüßte Bibi.

Dann stießen die beiden einen Schrei des Entzückens aus.

„Kleine Kätzchen!" Bibi war ganz aus dem Häuschen. In einem Korb kugelten ganz verspielt vier Katzenkinder herum. Sie rauften miteinander, bissen sich gegenseitig in die kleinen Schwänze und machten leise Maunzgeräusche. Sogleich nahmen Bibi und Tina je einen der kleinen Stubentiger auf den Arm und schmusten mit ihnen.

„Die hat mir jemand im Dorf gegeben", erklärte Robert. „Ihre Mutter ist überfahren worden. Ich wusste nicht, wohin damit, und da dachte ich mir, dass ihr hier auf dem Martinshof vielleicht Platz für die Kleinen habt."

„Klar doch!“, meinte Holger. „So viel Platz, wie du willst.“

„Das ist eine Rechenaufgabe für mich“, meldete sich Bibi zu Wort. „Passt auf! Wenn *ein* Martinshofbewohner vier Katzen behält, wie viele Katzen können dann vier Martinshofbewohner aufnehmen? Na, Robert? Streng mal dein Köpfchen an!“

„Hä?“ Robert war überrumpelt. Tina lachte und klärte ihn auf.

„Bibi übt Mathe, musst du wissen. Am Montag geht doch die Schule wieder los.“

Schule, auweh! Bei dem Gedanken an die Schulzeit früher verzog der junge Tierarzt schmerzlich das Gesicht.

„Warst du eigentlich gut in der Schule, Robert?“, fragte Bibi, während sie ihr Kätzchen kraulte und streichelte.

„Tja ...“ Robert überlegte. „Also, in Mathe und Geschichte war ich ganz gut. In Englisch war ich schlecht und in Bio ganz mies. Trotzdem“, er lachte, „trotzdem habe ich es bis zum Arzt geschafft. Deshalb, meine jungen Damen“, fügte er mit gespieltem Ernst hinzu, „lernt! Ihr wisst nie, wozu ihr es eines Tages brauchen werdet.“

Tina warf ihrer Freundin einen angewiderten Blick zu. Iiih! Typisch Erwachsenengeschwätz! Sie wollte dem jungen Doktor Eichhorn gerade eine schnippische Antwort geben, da piepste dessen Funktelefon. Die kleinen Katzen stellten neugierig die Ohren nach vorn, drehten die Köpfe nach dem fremden Geräusch und lauschten. Robert drückte auf ein paar Tasten und meldete sich dann.

„Doktor Eichhorn junior! Ja ... ja ... welche Verletzung? Aha, nicht klar ... Ja, ist gut. Verstanden. Ich komme!“

„Was Schlimmes, Robert?“, fragte Holger.

„Weiß ich noch nicht. Auf der Straße nach Falkenstein ist ein Wagen mit Stroh umgekippt. Ein scheuendes Pferd hat sich möglicherweise verletzt. Ich muss schnell hin, auf der Straße soll ein ziemliches Verkehrschaos sein. Sind die Kleinen bei euch gut aufgehoben?“, wandte er sich an Bibi und Tina.

„Na, klar!“ Die beiden strahlten.

„Ich bringe sie ins Haus“, sagte Tina.

„Ja, gut!“, pflichtete ihr Bibi bei. „Wir geben ihnen was zu fressen, ein Schälchen Milch zu trinken und dann ... dann fliegen wir Robert hinterher. Vielleicht kann ich mich an der Unfallstelle ja nützlich machen.“

Das hatte Robert schon nicht mehr gehört. Er war bereits in den Jeep gestiegen und davongebraust.

„Kommst du mit, Tina?“, fragte Bibi, als sie ihren Hexenbesen Kartoffelbrei aus dem Geräteschuppen geholt hatte.

„Logisch!“ Die Martinstochter nahm hinter ihrer Freundin Platz, und Bibi gab das Kommando: *„Eene meene mei, flieg los, Kartoffelbrei. Hex-hex!!“*

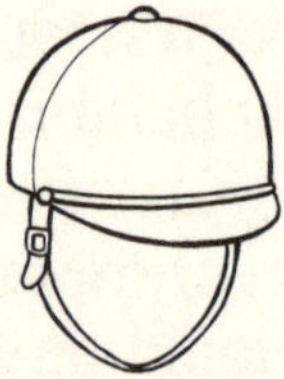

Eine kleine Hexe im Einsatz

Im Nu erhob sich der Besen mit den beiden Mädchen in die Luft. Bibi drehte eine flotte Runde über dem Martinshof und nahm dann Kurs auf die Landstraße nach Falkenstein. Bereits von weitem war aus der Luft das Durcheinander auf der Straße zu sehen. Der umgekippte Wagen lag noch immer am Straßenrand und blockierte den Verkehr, überall lag Stroh verstreut und in Richtung Falkenstein stauten sich eine Menge Fahrzeuge.

„Auweia!" Tina pfiff durch die Zähne. „Das ist ja ein ziemliches Chaos da unten!"

„Das kann man wohl sagen", pflichtete ihr Bibi bei. „Da geht ja nichts vor und nichts zurück. Na, ich schlage vor, wir landen erst mal und peilen die Lage. *Eene meene Brandung*", befahl sie ihrem Besen, „*Kartoffelbrei, los, Landung. Hex-hex!*"

Die Mädchen brauchten ein paar Minuten, um sich ihren Weg durch das Gewühl von Menschen und Blechkarossen zu bahnen. Einige Autofahrer hatten ihr Gefährt verlassen, standen um den umgekippten Wagen herum und sparten nicht mit guten Ratschlägen, wie das Hindernis aus dem Weg geräumt werden könnte. Ein Autofahrer machte sich besonders wichtig. Er fuchtelte aufgeregt mit den Händen vor dem Gesicht des Polizisten hin und her, der sich vergeblich bemühte, den Verkehrsstau aufzulösen.

„Geht denn das hier nicht bald weiter, Herr Wachtmeister? Ich versäume einen wichtigen Termin! Ich bin der Onkel des Grafen von Falkenstein und ich verlange auf der Stelle ..."

Der Polizist winkte ärgerlich ab.

„Und wenn Sie der Kaiser von China wären", erwiderte er brummig, „ich kann

den Wagen auch nicht wegzaubern. Sie sehen ja selbst, alles ist blockiert. Nicht mal die Feuerwehr kommt durch."

Das stimmte. Die Feuerwehr mit ihrem Kranwagen war längst alarmiert, hatte aber mit kreisendem Blaulicht und heulender Sirene in einigen hundert Metern Entfernung anhalten müssen, weil kein Durchkommen möglich war.

„Sagen Sie den Leuten gefälligst, dass sie rechts ranfahren sollen!", zeterte der Mann weiter. „Dann kommt die Feuerwehr auch durch und kann den Wagen wieder aufrichten."

„Dann fangen Sie doch gleich mal damit an!", schlug der Polizist entnervt vor. Langsam wurde ihm alles zu viel.

„Ich? Na, hören Sie mal! Da rechts in den Straßengraben soll ich fahren? Was denken Sie sich eigentlich?"

„Nun, ich denke", der Polizist rang sich ein müdes Lächeln ab, „dass Sie dann noch länger warten müssen, Herr Onkel!"

Mit diesen Worten wandte er sich ab. Da

sah er Bibi und Tina auf sich zukommen. Bibi war bei dem Wort „wegzaubern“ hellhörig geworden, und wusste sogleich, was zu tun war.

„Ah, da ist ja die kleine Hexe vom Martinshof!“, begrüßte sie der Polizist. Er tippte kurz an seine Uniformmütze, nahm sie dann ab und wischte sich mit einem großen Taschentuch den Schweiß aus dem Gesicht. „Ach, Bibi“, fuhr er fort, „könntest du mir nicht helfen?“

„Aber natürlich, gern“, sagte Bibi lässig. „Deswegen bin ich ja hier, Herr Wachtmeister. Das hexe ich weg mit links. Passen Sie gut auf! *Eene meene große Zehe, umgekippter Wagen stehe. Eene meene himmelblau, löse auf dich, Autostau. Hex-hex!*“

Das typische Hexgeräusch ertönte und im Nu stand der Anhänger voll mit Stroh beladen wieder auf seinen Rädern am Straßenrand. Die Menschen hasteten zu ihren Autos, ließen die Motoren an und langsam setzte sich die Kolonne in Bewegung. Der Polizist seufzte erleichtert.

„Bravo! Vielen Dank, Bibi Blocksberg! Das war sehr nett von dir."

„Gern geschehen!" Bibi machte einen höflichen Knicks und grinste. „Immer zu Diensten, Herr Polizeipräsident!"

Nachdem dies jetzt erledigt war, machten sich die beiden Mädchen auf die Suche nach Robert. Im Gegensatz zu dem Feuerwehrauto hatte Robert bis zu der Unfallstelle vordringen können, denn er war mit seinem Jeep einfach querfeldein gefahren. Robert untersuchte gerade das Pferd, das vor den Wagen mit Stroh gespannt war.

„Na, was ist?", wandte sich Bibi an den jungen Tierarzt. „Brauchst du auch meine Hilfe, Robert?"

„Nee, lass mal", winkte Robert ab. „Halte dich hier lieber raus. Das Tier hat nur eine kleine Schramme abbekommen. Die versorge ich schon."

„Na schön", Bibi zuckte mit den Schultern, „dann eben nicht. Ich bin nur grad in so einer guten Hexstimmung."

„Guck mal, da drüben!" Tina versetzte ihrer Freundin einen Rippenstoß. „Der kleine Junge da, der heult. Vielleicht kannst du dem was Gutes antun mit deinen Hexkünsten.“

Sie gingen ein paar Schritte weiter und dann sahen sie die Bescherung! Ein Junge in Bibis Alter stand jammernd vor einem zerbeulten Fahrrad, das neben ihm auf dem Boden lag.

„Mein Fahrrad! Mein schönes Fahrrad! Wenn ich damit heimkomme, kriege ich sicher geschimpft! Es war ganz neu, ich habe es grad erst zu Ostern bekommen und jetzt ...“

„Na, komm“, Bibi legte ihm tröstend den Arm um die Schultern, „erzähl mal der lieben Bibi, was passiert ist.“

Der Junge schniefte und zog geräuschvoll die Nase hoch.

„Ich hatte grad so ein schönes Tempo drauf und hab einen Moment zur Seite geschaut. Da hab ich den Stau zu spät gesehen, hab zu schnell abgebremst und bin gegen den Kilometerstein da drüben gedonnert. Und dann lag ich plötzlich mit meinem Rad auf der Erde."

„Aber du bist noch heil?", fragte Bibi.

„Ja, zum Glück, ich habe mir nichts getan. Bloß mein Rad hat was abbekommen. Das Vorderrad hat 'nen großen Achter und einen Platten. Sag mal ...", der Junge schaute die kleine Hexe mit großen Augen an, „bist du nicht Bibi Blocksberg? Die berühmte ..."

Bibi lachte.

„Ja, die bin ich und ich weiß auch schon, was du von mir willst. Fahrräder heilhexen ist eine meiner leichtesten Übungen. Pass auf! *Eene meene Trampelpfade, krummes Rad, sei wieder grade. Eene meene dunkler Schatten, weg sei dieser blöde Platten. Hex-hex!*"

„Jau! Super! Danke, Bibi!" Der Junge bestieg sein Fahrrad, das plötzlich wieder so neu und sauber wie am allerersten Tag war, schwang sich in den Sattel und fuhr mit lautem Klingeln davon. Zufrieden blickte ihm Bibi nach.

„Siehst du, Tina", sagte sie bedeutungs-

voll zu ihrer Freundin, „die Leute hier draußen brauchen mich. Sie brauchen mich sogar ziemlich dringend."

Tina schüttelte verständnislos den Kopf. „Wie du das jetzt gesagt hast! Was meinst du damit?"

„Och, nichts!" Bibi winkte ab. „Das habe ich nur so gemeint."

Komisch!, dachte Tina, als sie den Heimflug antraten. Das hat sich aber sehr seltsam angehört. Die Leute brauchen mich hier? Das sagt doch sonst immer nur der Graf Falko von Falkenstein, wenn er sich wichtig machen will! Welche Laus ist denn Bibi auf einmal über die Leber gelaufen? Na ja, ich lasse sie am besten in Ruhe, bis heute Abend ist sie wieder normal.

Tina irrte sich. Beim Abendessen in der gemütlichen Wohnküche des Martinshofs war Bibi merkwürdig still. Sonst plapperte sie immer fröhlich drauflos, heute dagegen brachte sie keinen Ton heraus, stierte nur auf ihren Teller und kaute jeden Bissen an die zwanzigmal. Tina erzählte mindestens zum zehnten Mal von dem Stau und Bibis Hexereien, Bibi selbst aber blieb stumm wie ein Fisch. Frau Martin warf ihr einen sorgenvollen Blick zu. Schließlich wandte sie sich betont herzlich an die Freundin ihrer Tochter: „Na, nach allem, was ich da so höre, hast du ja heute einen besonders anstrengenden Hextag hinter dir, Bibi!“

„Hm.“ Bibi biss ein klitzekleines Stück von ihrem Leberwurstbrot ab.

„Das mit dem Jungen und dem Fahrrad fand ich besonders nett von dir“, fuhr Frau Martin fort.

„Hm.“ Bibi biss ein weiteres Stück ab, noch kleiner als das erste.

„Bibi!“ Frau Martin stellte ihre Teetasse ab, dass es klirrte. „Ist was? Du bist ja heute so mundfaul!“

„Nichts ist.“ Bibi starrte vor sich auf den Teller.

„Also, Kind!“ Frau Martin ergriff ihre Hand und drückte sie fest. „Erzähl mir nichts, ich sehe dir doch an, dass dich irgendwas beschäftigt! Nun sag schon, was los ist.“

Bibi seufzte und blickte die Mitglieder der Familie Martin der Reihe nach an.

„Äh ...“, begann sie zögernd, „äh ... mögt ihr mich eigentlich?“

„Waaas?“, riefen Tina und Holger wie aus einem Mund.

„Das ist aber eine Frage!“, platzte Frau Martin heraus. „Natürlich mögen wir dich, Bibi. Wie ein eigenes Kind! Du gehörst doch sozusagen zur Familie!“

„Zur Familie!“ Bibi verdrehte die Augen und schaute verträumt die anderen an. „Das hört sich schön an!“

Mehr war an diesem Abend aus Bibi nicht herauszukriegen. Frau Martin machte sich ernsthaft Sorgen um ihren Besuch. Ob Bibi vielleicht etwas ausbrütete? Eine Erkältung oder gar eine Grippe? Auch kleine Hexen können mal krank werden. Für alle Fälle schickte sie Bibi nach dem Abendessen ins Bett und ihre Tochter Tina gleich hinterher. Es konnte gewiss nichts schaden, wenn die Mädchen einmal mit den Hühnern schlafen gehen würden.

Bald kehrte Ruhe ein auf dem Martinshof. Frau Martin räumte die Küche auf, Holger saß noch an der Buchhaltung und Tina schlief bereits tief und traumlos. Nur Bibi lag noch glockenwach unter ihrem Federbett und starrte die Zimmerdecke an. Als sie sicher war, dass ihre Freundin ganz fest schlief, stand sie leise auf und setzte sich an Tinas Schreibtisch. Sie nahm ein Blatt Briefpapier zur Hand und schrieb einige hastige Zeilen. Dann faltete sie das Blatt, steckte es in einen Umschlag und ging damit zum Fenster. Plötzlich hatte sie Tränen in den Augen. Sie legte den Umschlag auf das Fensterbrett, öffnete das Fenster einen Spalt und flüsterte: *„Eene meene großer Mief, flieg nach Hause, Schicksalsbrief. Hex-hex!“*

Im nächsten Augenblick fuhr ein Windstoß durch den Fensterspalt in das Zimmer hinein, ergriff den Brief und wirbelte ihn hinaus in die mondhelle Nacht.

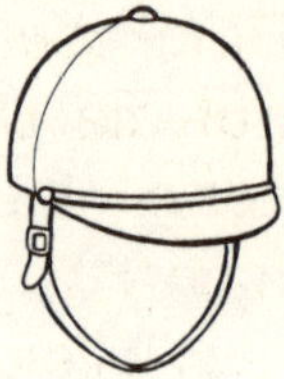

Vater Blocksberg ist sauer

Im Haus der Familie Blocksberg in Neustadt machten es sich Bibis Eltern zur selben Zeit gerade für den Feierabend gemütlich. Bernhard Blocksberg hatte in seinem Lieblingssessel Platz genommen und freute sich aufs Fernsehen. Heute stand wieder ein Western auf dem Programm und Herr Blocksberg liebte Western über alles! Bibis Mutter hatte gerade das Licht in der Küche gelöscht und wollte neben ihrem Mann Platz nehmen, da zuckte sie zusammen. Was war das plötzlich für ein Geräusch gewesen?

„Barbara! Hast du das auch gehört? Das klang wie der Deckel des Briefkastens!"

„Stimmt! Aber um diese Zeit?" Frau

Blocksberg runzelte die Stirn und blickte auf die Uhr. „Es ist jetzt immerhin schon zehn. Jetzt kommt doch kein Briefträger mehr!“

„Vielleicht trägt jemand Reklamezettel aus?“, überlegte Herr Blocksberg laut. „Ach, Schätzchen, geh doch mal gucken.“

„Bin schon dabei!“ Barbara Blocksberg ging zum Briefkasten, öffnete ihn und holte einen Brief heraus. „Von unserer Tochter!“, rief sie verblüfft, als sie beim Schein der Wohnzimmerlampe den Brief betrachtete.

„Von Bibi?“ Vater Blocksberg wandte sich irritiert von der Mattscheibe ab, auf der gerade ein Trupp Kavalleristen in schnellem Galopp über die Prärie ritt. „Wieso schreibt das Kind Briefe? Wir haben doch Telefon?“

Aus dem Lautsprecher des Fernsehers ertönte das Krachen von Gewehrschüssen. Frau Blocksberg zuckte erschrocken zusammen und herrschte nervös ihren Mann an: „Mach doch mal für einen Moment den Kasten aus. Bitte!“

„Kann man denn nicht einmal in Ruhe ...“, brummelte Bernhard Blocksberg, kam dann aber dem Wunsch seiner Frau nach. „Was schreibt sie denn?“

Barbara Blocksberg riss den Umschlag auf und faltete den Brief auseinander.

„Liebe Mami, lieber Papi! Ihr werdet sicher überrascht sein, einen Brief von mir zu erhalten ...“

„Das kann man wohl sagen!“, warf Herr Blocksberg ein.

„... aber was ich euch mitteilen will, kann ich nicht laut sagen, weil ich mich nicht traue. Schreiben – das geht, weil keiner da ist, der gleich ‚nein‘ sagt oder so.“

„Was will sie denn bloß?“, Bernhard Blocksberg runzelte die Stirn. „Mehr Taschengeld oder was?“

„Warte doch! Lass mich weiterlesen! Wo war ich denn gerade? ... *gleich nein oder so. Also, ich habe mich nach langen Überlegungen entschlossen, auf dem Martinshof zu bleiben. Ganz. Ich will nicht mehr nach Neustadt zurück. Auf keinen Fall. Hier ist es so schön. Sagt bitte ja, damit es so schön bleibt. Eure Bibi.*“

Mutter Blocksberg ließ den Brief sinken. Sie war plötzlich ganz blass geworden. Ihr Mann bekam im Gegensatz dazu einen roten Kopf.

„Mir fehlen die Worte!“, murmelte er.

„Ich glaube“, Frau Blocksberg begann zu schniefen, „ich brauche ein Taschentuch!“

„Zeig mal den Brief her.“ Bernhard Blocksberg überflog die Zeilen. „Tatsächlich. Es steht alles wortwörtlich da, was du vorgelesen hast. Ich hab’s nicht glauben wollen.“

„Und nun, Bernhard?“, fragte seine Frau verzagt.

Herr Blocksberg haute wütend mit der Faust auf den Tisch, dass die Teetasse zitterte und überschwappte.

„Und nun? Nun gehe ich ans Telefon, klingle die Martins heraus und sage meinem Fräulein Tochter mal gehörig die Meinung. Sie gehört gefälligst nach Neustadt in ihr Elternhaus und nicht auf irgendeinen Reiterhof am Ende der Welt!“

Herr Blocksberg stand wütend auf und wollte zum Telefon gehen, aber seine Frau drückte ihn auf die Couch zurück.

„Ach, Bernhard, nun reg dich mal wieder ab! Der Brief ist Bibi bestimmt nicht leicht gefallen, das spüre ich. Sie hat beim Schreiben sogar geweint. Sieh mal, hier, das sind doch Tränenflecken auf dem Papier. Sicher, das ist keine gute Idee von unserer Tochter, aber lass sie die ganze Sache erst mal überschlafen. Morgen sieht alles wieder ganz anders aus.“

„Na gut“, stimmte Herr Blocksberg nach einem kurzen Zögern zu, „du hast mich überredet. Schlafen wir also auch drüber. Aber morgen früh fliegen wir gleich zu diesem Martinshof. Ich kann doch nach solch einem Brief nicht einfach zur Tagesordnung übergehen. Sie will uns verlassen! Man stelle sich vor! Noch grün hinter den Ohren und will ihre Eltern verlassen. Ich bin beleidigt!“

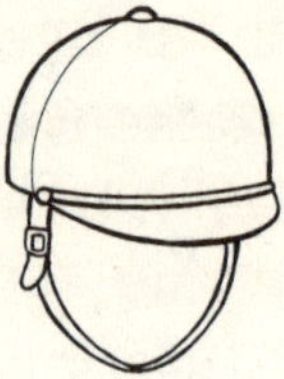

Bibi lässt nicht locker

Nachdem der Nachtwind ihren Brief davongetragen hatte, war Bibi ganz schnell wieder unter die warme Decke geschlüpft. Sie schniefte noch ein wenig und trocknete dann mit dem Zipfel des Kopfkissens die letzten Tränen. Jetzt war es geschehen, sie hatte den Brief geschrieben. Und sogar abgeschickt!

Ich bin mal gespannt, wie Mami und Papi reagieren, dachte sie. Spätestens morgen werde ich es ja erfahren. Aber erst morgen. Heute ist heute und heute will ich schlafen.

Sie rollte sich zusammen wie die kleinen Kätzchen in ihrem Korb auf der Eckbank in der Martinshofküche und war im nächsten Moment auch schon eingeschlafen.

Am nächsten Tag bei der Morgentoilette stellte Bibi ihrer Freundin wie ganz nebenbei eine Frage. Eine für sie sehr wichtige Frage.

„Sag mal, Tina", nuschelte sie beim Zähneputzen hervor, „wie fändest du es, wenn ich für immer hier auf dem Martinshof bleiben würde?"

„Na, super fände ich das!" Tina gurgelte ausgiebig. „Wie meine Schwester wärst du dann! Aber ...", sie spuckte ihr Gurgelwasser zielsicher in das Waschbecken, „das geht ja leider nicht. Kinder gehören nun mal zu ihren Eltern."

„Wieso eigentlich?", fragte Bibi zurück und blickte interessiert ihr Spiegelbild an.

In diesem Augenblick wurde im Erdgeschoss die Küchentür geöffnet.

„Beeilt euch ein bisschen im Badezimmer, Kinder!", rief Frau Martin nach oben. „Das Frühstück ist fertig! Und Bibi, deine Eltern haben vorhin angerufen. Sie kommen gleich angeflogen. Du wüsstest schon, warum."

Bibi spürte, wie ihr das Blut in den Kopf schoss. Sie hatte plötzlich ganz weiche Knie und so ein seltsames Kratzen im Hals. Sie wusste, was sie sich mit dem Brief eingebrockt hatte, und deshalb hieß es jetzt tapfer sein. Ganz tapfer!

„Ja, ist klar!", antwortete sie.

„Was ist denn passiert?", fragte Tina beim Anziehen.

„Das wirst du gleich merken, wenn sie da sind", gab Bibi zurück. „Hoffentlich erst nach dem Frühstück, auf nüchternen Magen vertrage ich ein Donnerwetter nicht so gut."

Donnerwetter? Tina schüttelte verwirrt den Kopf. Was war denn jetzt wieder los? Junge, Junge, dachte sie, mit so einer kleinen Hexe auf Besuch wird es einem auch nie langweilig!

Kaum war eine halbe Stunde vergangen, da ertönte ein Rauschen über dem Martinshof und die Blocksbergs setzten auf Mami Blocksbergs Hexenbesen Baldrian zur Landung an. Bibi hatte das Gefühl, als wären ihre Knie aus lauter Vanillepudding, als sie auf ihre Eltern zuging. Doch das erwartete Donnerwetter blieb zunächst aus, denn Barbara und Bernhard Blocksberg hatten die ganze Angelegenheit in Ruhe überschlafen. Barbara Blocksberg nahm ihre Tochter gleich in die Arme. Am liebsten hätte Bibi gleich losgeheult, aber beim Anblick ihres Vaters riss sie sich zusammen. Sie hatte gestern einen Entschluss gefasst und da musste sie jetzt durch. Nein, kneifen galt nicht!

Bernhard Blocksberg baute sich vor Bibi auf, stemmte die Arme in die Hüften und fragte mit strenger Miene: „Nimmst du diesen Brief zurück?“

„Nein!“, erwiderte Bibi tapfer.

„Du weißt doch ganz genau, dass du mich tief getroffen hast. Meine leibhaftige Tochter will nichts mehr von mir wissen!“ Bernhard Blocksberg verdrehte die Augen und blickte zum Himmel. „Man stelle sich so etwas vor!“

„Stimmt ja gar nicht, Papi!“, versuchte

Bibi einen leichten Protest. „Ich hab dich doch lieb!"

„So?", kam es ironisch zurück. „Davon merke ich nichts. Ein Kind, das seine Eltern liebt, wohnt bei ihnen, frühstückt, schläft, zankt sich und kuschelt mit ihnen!"

„Aber die Landluft ist viel gesünder als der Stadtmief, Papi!" Bibi spulte jetzt die Verteidigungsrede ab, die sie sich beim Frühstück ausgedacht hatte. „Und die Schule hier ist auch viel leichter! Die Lehrer sind besser, ich habe mich ganz genau erkundigt. Stimmt's, Tina?"

Bibi warf ihrer Freundin einen Blick zu, aber Tina scharrte nur verlegen mit ihrem rechten Schuh im Sand. Sie wusste noch nicht genau, was hier gespielt wurde, und wollte auf keinen Fall mit in einen Familienkrach hineingezogen werden.

„Bisher bist du aber sehr gern in Neustadt in die Schule gegangen", stellte Herr Blocksberg fest.

„Aber jetzt nicht mehr!", protestierte Bibi. „Unsere Mathelehrerin ist eine Niete!"

„Ich war auch keine Leuchte in Mathematik“, räumte Bernhard Blocksberg ein, „aber deshalb bin ich trotzdem bei meinen Eltern groß geworden.“

„Und außerdem“, Bibi versuchte einen weiteren Trick, „ist der Umgang mit Tieren und besonders mit Pferden psy... psy... psychologisch sehr wertvoll!“ Jetzt war es heraus, das schwere Wort. „Jawoll!“

„Huch!“ Bernhard Blocksberg war für einen Moment baff. „Woher hast du denn das?“

„Kannst du überall lesen!“

„Ich will aber nicht lesen!“ Langsam verlor Bernhard Blocksberg die Geduld. Er war doch nicht gekommen, um sich von seinem Töchterchen belehren zu lassen. „Ich will, dass du dir diese Flausen aus dem Kopf schlägst.“

„Aber ich will hier bleiben!“, rief Bibi weinerlich und klammerte sich an ihre Mutter. „Mami! Sag du doch auch mal was!“

Frau Blocksberg strich Bibi sanft über die Haare und seufzte gequält auf.

„Ich kann ja verstehen, dass es dir hier gut gefällt, Bibilein. Aber es gibt keinen wirklich ernsthaften Grund, dass du hier bleibst. Schau, am Montag fängt überall das ganz normale Alltagsleben wieder an. Außerdem, bis zu den Sommerferien sind es nur noch zweieinhalb Monate. Dann kannst du wieder ganze sechs Wochen auf den Martinshof."

„Sommerferien? Martinshof?" Herr Blocksberg glaubte, seinen Ohren nicht zu trauen. „Nee, nee, meine Lieben! Das war ganz anders verabredet. In diesem Sommer geht's an die Nordsee. Diesen Urlaub habe ich schon im letzten Jahr gebucht, falls ihr beiden Hexen das nicht mehr wisst."

„Ach, du liebe Güte!" Frau Blocksberg griff sich an die Stirn und seufzte leise. „Daran habe ich ja gar nicht mehr gedacht." Sie drückte ihre Tochter an sich. „Ach, Bibi ..."

„Wir hatten verabredet", Bernhard Blocksberg war jetzt ernsthaft sauer, „dass eine Unterbrechung dieser Ferien auf dem Martinshof Bibi sehr gut tun würde. Vor allem bei ihren miserablen Mathenoten. Immer nur Pferde im Kopf!“

„Ist ja gar nicht wahr!“, entgegnete Bibi kleinlaut. „Gestern zum Beispiel habe ich ganz lange Mathe geübt. Ganz lange. Tina ist Zeuge und Mami kann es auch bestätigen!“ Sie schluchzte auf einmal laut auf, riss sich von ihrer Mutter los und rannte zum Pferdestall. „Ihr wollt mich einfach nicht verstehen!“, rief sie über die Schulter zurück.

Barbara und Bernhard Blocksberg blickten einander verstört an.

„Barbara! Hex sie wieder her!“, bat Herr Blocksberg mit kläglicher Stimme.

„Ach, komm, lass sie!“ Frau Blocksberg legte ihrem Mann begütigend die Hand auf den Arm. „Sie beruhigt sich schon wieder. Ich kenne doch meine Tochter. Gehen wir ins Haus, Frau Martin guten Tag sagen.“

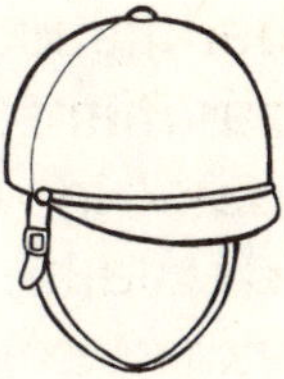

Bibi hat eine Idee

Versteckt hinter dem Vorhang hatte Frau Martin vom Küchenfenster aus die Auseinandersetzung zwischen Bibi und ihren Eltern verfolgt, sich aber aus gutem Grund nicht eingemischt. Jetzt, da Bibi in den Stall abgezischt war, trat sie vor die Tür und begrüßte den Besuch.

„Nicht aufregen, Herr Blocksberg", beruhigte sie Bibis Papa und schüttelte ihm die Hand. „Sind doch Kinder. Denen geht eben manchmal der Gaul durch, wie man bei uns auf dem Land sagt. Kommen Sie erst mal rein, Sie beide. Trinken Sie einen Kaffee und dann sieht die Welt gleich ganz anders aus."

Während es sich ihre Eltern am Frühstückstisch von Frau Martin gemütlich machten und Herr Blocksberg immer wieder betonte, wie beleidigt er wäre, hatte sich Bibi in ihre Reiterklamotten geworfen, ihre Lieblingsstute Sabrina gesattelt und war in scharfem Galopp aus dem Hof geritten. Als aber das Fohlen Felix den beiden kläglich hinterherwieherte, machte Bibi kehrt, band Felix los und nahm ihn mit auf den Ausritt. Felix zuliebe fiel sie in einen leichten Trab. Der kleine schwarze Kerl trappelte verwundert neben der Reiterin her und stieß Bibi immer wieder mit seiner warmen, weichen Pferdeschnauze gegen den Schenkel. Da musste Bibi lachen. Unter Tränen zwar, aber sie musste lachen.

Bei der hinteren Koppel stieg Bibi aus dem Sattel und machte auf einem Baumstamm Rast. Sie tat sich so furchtbar Leid, fühlte sich so furchtbar unverstanden und weinte bitterlich. Wieder stupste Felix sie sanft an, als wollte er sagen: Komm, nimm's doch nicht so schwer! Nach ein paar Minuten allerdings hatte sich Bibi wieder beru-

higt. Sie schlang ihre Arme um den Hals des kleinen Hengstes und schüttete ihm ihr Herz aus.

„Lieb, dass du mich trösten willst, mein Kleiner. Ach, du verstehst das alles noch nicht. Wenn *du* größer wirst, dann *musst* du von deiner Mami weg. Das ist so im Pferdeleben. Ja, guck nicht so. Das ist der Lauf der Welt. Aber ich? Schau mich an!" Sie drehte den Kopf des Fohlens so, dass es mit dem linken Auge ganz nah an Bibis Gesicht war. „Ich darf nicht! Ach, Felix, am liebsten möchte ich auch ein Fohlen sein! Aber, was hilft's ..."

Sie ließ Felix los, stand auf und stapfte ein paar Schritte durch das Gras.

„Ich habe auch gar keine Lust zu hexen!", stellte sie betrübt fest. „Das bringt ja doch nichts. Es wird am besten sein, ich vergesse alle Hexsprüche, stelle Kartoffelbrei daheim in den Keller und versaure in Neustadt. Ade, du schönes Reiterleben! Ade, Tina! Ade, Holger! Ade, Robert!"

Bibi war während ihres Selbstgesprächs

an einem Teil der Koppel angelangt, von dem aus sie einen besonders schönen Blick über das Falkensteiner Land, über den Martinshof und die angrenzenden Wiesen und Wälder hatte. Das sollte sie plötzlich aufgeben?

„Nein!“ Sie ballte ihre kleinen Fäuste und machte ein grimmiges Gesicht. „Kommt gar nicht in Frage. Ich bleibe doch hier! Und ob ich bleiben werde! Wirst schon sehen, Papi!“

Mit energischen Schritten ging Bibi zu Sabrina zurück, stieg auf, pfiff nach Felix und zu dritt ging es im gemütlichen Trab zurück zum Martinshof. Mutter Blocksberg hatte schon von weitem das Hufeklappern gehört und war aus dem Haus gekommen, um ihre Tochter nach ihrem Ausritt zu begrüßen. Sie hatte sich vorgenommen, ganz freundlich und ganz nett zu Bibi zu sein. Vielleicht hatte sich die kleine Hexe ja inzwischen wieder beruhigt?

„Das ist wirklich ein schönes Bild, Bibilein, wie du da auf Sabrina angeritten kommst“, sagte sie mit honigsüßer Stimme. „Und der kleine Felix so anhänglich nebenher ..."

„Sag das mal Papi", meinte Bibi trocken und schwang sich elegant aus dem Sattel.

„Ach, Bibi!" Barbara Blocksberg zupfte ein wenig verlegen an dem Kragen ihrer Bluse herum. „Papi meint das doch alles nicht so. Papi ist nur unheimlich verletzt. Er denkt, du willst nichts mehr von ihm wissen."

„Stimmt ja gar nicht!" Bibi nahm die Reitkappe ab und schüttelte den Kopf, dass ihre Locken flogen.

„Ich weiß ja, wie dir zu Mute ist. Ich weiß auch, dass du dir wahrscheinlich schon tausend Hexsprüche überlegt hast, wie du ..."

„Nein!" Bibis Augen blitzten. „Ich hexe nie wieder. Das Hexen ist mir gründlich vergangen!"

„Jaja!" Frau Blocksberg folgte ihrer Tochter in den Stall. Während Bibi Sabrina absattelte, trockenrieb und ihr einen Eimer mit Hafer hinstellte, redete sie begütigend auf Bibi ein.

„Hör mal zu, mein Kind, lass uns mal ein ernsthaftes Gespräch unter vier Augen führen. Das mit den sechs Wochen Nordsee, das rede ich Papi aus, okay? Drei Wochen reichen auch. Aber du musst auch Papi verstehen, er ist im Sommer auch urlaubsreif. Und er möchte nun mal gern an die Nordsee. Er möchte schwimmen und spazieren gehen und einfach nichts tun. Ist das so schwer einzusehen?“

Bibi gab noch immer keine Antwort. Frau Blocksberg nahm einen neuen Anlauf.

„Drei Wochen Nordsee und anschließend drei Wochen auf dem Martinshof. Na, ist das ein Angebot?“

„Ich will nicht an die Nordsee!“, stieß Bibi zwischen den zusammengekniffenen Lippen hervor. „Was soll ich da? Ich brauche keine Wellen und keinen Strand. Ich brauche bloß Tina und Sabrina. Das reicht mir völlig!“

„Mir reicht es auch langsam!“ Frau Blocksberg schlug einen energischen Ton an. „Jetzt ist Schluss mit der Maulerei. Genieße den heutigen Tag mit deiner Tina und deiner Sabrina und schlaf dich morgen am Sonntag noch mal richtig aus. Dann geht's nämlich ab nach Hause. Gemeinsam, hörst du? Montag geht die Schule wieder los, und zwar in Neustadt!"

Damit war für Bibis Mutter die Sache erledigt. Sie ließ den ganzen Tag über ihr Töchterchen in Ruhe und machte mit ihrem Mann ausgedehnte Spaziergänge durch den Falkensteiner Forst. Wenn sie schon mal hier waren, wollten die beiden auch tüchtig frische Luft schnappen. Für das Mittagessen hatten sie sich abgemeldet und kehrten stattdessen in einem kleinen Landgasthof ein. Frau Martin hatte währenddessen ein kurzes Gespräch mit Bibi unter vier Augen geführt und ihr klar und deutlich gesagt: „Hör zu, Bibi. Ich will nicht in eine Angelegenheit hineingezogen werden, die nur die Familie Blocksberg etwas angeht. Du kannst kommen, wann du willst, und so lange bleiben, wie du willst. Aber für immer? Schlag dir das lieber aus dem Kopf,

Mädchen. Über dich haben immer noch deine Eltern zu bestimmen. Du bist schließlich minderjährig."

Mit gesenktem Kopf war Bibi nach dieser Gardinenpredigt davongeschlurft und hatte sich zu Tina in den Stall gesellt, um den letzten Tag so lange wie möglich bei den geliebten Pferden zu verbringen. In ihrem Kopf ging es zu wie in einem Bienenhaus. Sie wollte unbedingt auf dem Martinshof bleiben. Aber wie sollte sie es bloß anstellen. Wie? Sie hatte eine Idee nach der anderen, aber keine taugte etwas. Doch sie war sich ganz sicher, dass ihr vor der Abreise der rettende Einfall kommen würde.

Schließlich wurde es Zeit für das Abendessen. Frau Martin hatte für den letzten Abend noch einmal ordentlich aufgetischt und alle griffen tüchtig zu. Herr und Frau Blocksberg sprachen das Thema Martinshof nicht mehr an, Bibi ebenfalls nicht und so wurde es noch eine gemütliche Runde. Tina holte aus ihrem Zimmer den Spielekoffer und bei Dame, Mühle und einigen

Runden Sechsundsechzig und Mau-Mau verging die Zeit wie im Flug. Bibi und Tina maulten auch nicht, als sie ins Bett geschickt wurden. Hier ein Küsschen, da ein Küsschen und dann ab in die Falle!

Aber in Tinas Zimmer herrschte noch lange nicht Ruhe. Bibi wälzte sich auf ihrem Lager hin und her und murmelte unentwegt: „Ich will auf dem Martinshof bleiben! Ich will auf dem Martinshof bleiben!"

Schließlich wurde es Tina, die neben ihr lag, zu bunt.

„Mensch, Bibi! Jetzt hör doch endlich auf damit! Es ist nicht zu ändern. Deine Eltern haben immer noch über dich zu bestimmen und damit basta!"

„Das ist ja der Mist!", stieß die kleine Hexe ärgerlich hervor. „Sag du doch auch mal was, Tina! Wie denkst du darüber?"

„Och, ich wüsste schon was!" Tina kicherte. „Ach habe mir schon überlegt, ob ich dich heimlich verstecken soll. Ich habe da ein super Versteck, oben in der Scheune hinter dem Stroh. Dort ist es irre gemütlich. Ich würde dir auch immer was zu essen bringen."

„Ui! Super!" Die Vorstellung, dass sie heimlich in der Scheune des Martinshofs wohnen würde, während die anderen in Neustadt Mathe büffeln mussten, fand Bibi einfach toll. „Zum Frühstück bitte zwei Brötchen mit Honig und eine Tasse Kakao."

„Bloß eine? Du trinkst doch sonst immer zwei?"

„Na ja", überlegte Bibi, „zwei fallen vielleicht auf und am Ende verschwuppelst du sie noch." Sie lachte leise, wurde dann aber gleich wieder ernst. „Ach, Tina, das ist sehr lieb von dir gedacht. Aber so geht es nicht."

„Ich weiß", gab Tina leise zurück. „Leider."

Ein paar Minuten lang war Ruhe in Tinas Zimmer, dann ergriff Bibi wieder das Wort.

„Wenn ich verschwunden bin, grämt sich Mami bestimmt ganz fürchterlich ... Und Papi auch. Das glaube ich wenigstens. Außerdem findet mich Mami mit ein paar gezielten Hexsprüchen sowieso. Die hat noch eine ganze Menge in Reserve, von denen ich gar nichts weiß."

„Tja", meinte Tina und seufzte, „dann musst du morgen eben doch nach Hause und in den so genannten sauren Apfel beißen. Wir können ja jeden Abend telefonieren. Ich erzähle dir immer alles genau, wie es Felix geht und so. Okay?"

„Nein!", sagte Bibi mit fester Stimme. „So schnell gibt eine Bibi Blocksberg doch nicht auf. Ich bleibe! Und ich weiß auch schon, wie! Hör mal, Tina", sie drehte sich auf die Seite und blickte ihre Freundin verschwörerisch an. „Wenn du mich morgen früh nicht mehr siehst, dann kriege keinen Schreck. Morgen früh bin ich weg, aber ich bin trotzdem noch da. Kapiert?"

„Hä?" Tina kapierte kein Wort.

„Mehr kann ich dir jetzt nicht erklären. Du musst mir nur versprechen, dass du nichts verrätst. Du weißt nicht, wo ich bin. Schwörst du?"

„Okay!" Tina gähnte. „Ich schwöre. Aber

ich blicke nicht ganz durch, was jetzt wieder los ist. Einmal willst du bleiben, dann bist du fort und doch nicht fort. Das ist mir alles zu schwierig. Komm, wir überschlafen deinen Fall erst mal. Gute Nacht!“

„Überschlafen!“ Bibi schürzte die Lippen. „Wie bei uns daheim, da wird auch immer alles überschlafen. Aber okay, pennen wir eine Runde. Bis morgen. Gute Nacht, Tina!“

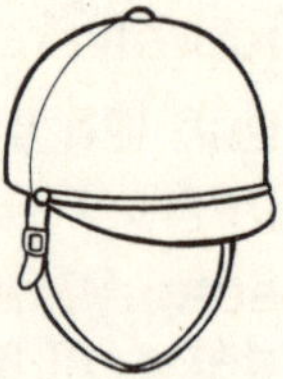

Das fünfte Kätzchen

Als am nächsten Morgen die Sonne über dem Falkensteiner Forst aufging, machte Hahn Hubert das rechte Auge auf, blinzelte einige Male, schüttelte sein buntes Gefieder und stieß dann ein markerschütterndes Krähen aus. Tina zuckte im Schlaf zusammen und zog sich die Bettdecke über die Ohren.

„Nur noch fünf Minuten! Bitte!", murmelte sie. „Bibi, hex doch den Hahn leiser. Ich habe gerade so schön geträumt und will zu Ende träumen. He, Bibi!"

Sie fuhr hoch und blickte sich um. Der Schlafplatz neben ihr war leer.

„Wo bist du denn? Ach so ...", sie fuhr sich mit den Händen durch das zerstrubbelte Haar, „du bist nicht da und doch da, und ich soll's nicht weitersagen. Na, da bin ich mal gespannt, was du heute für Überraschungen zu bieten hast."

Plötzlich ertönte ein leises Maunzen. Tina blickte sich suchend um und dann entdeckte sie auf Bibis Bettzeug ein kleines, putziges Etwas.

„Och, wie niedlich!", entfuhr es ihr. „Eins von den neuen Kätzchen hat den Weg von der Küche hierher gefunden und die Nacht bei uns verbracht. Na, komm, mein Kleines, wir schmusen und kuscheln ein bisschen. Aber erst will ich mich anziehen und das Bett machen. Wenn dich Mama auf der Bettdecke erwischt, gibt es bestimmt Ärger. Haustiere gehören nicht ins Bett, sagt sie immer."

Als sie das Bettzeug verräumt hatte, nahm sie das Kätzchen auf den Schoß, wo es sogleich wohlig zu schnurren begann. Tina kraulte ihm den Kopf und sprach mit ihm.

„Was hast du denn um den Hals? Das

sieht ja aus wie Bibis Haarschleife. Haarschleife ...?“ Tina stutzte, nahm das Kätzchen hoch und blickte in sein Gesicht. Da verschlug es ihr fast den Atem.

„Mensch, Bibi! Bist du das etwa?“

Das Kätzchen miaute und es kam Tina so vor, als würde es sie verschmitzt anblinzeln.

„Auweia! Ich werd wahnsinnig! Schnell, ich mach dir die Schleife ab, das fällt doch sonst auf! Aber ...“, sie musterte die Bibi-Katze von oben bis unten, „niedlich bist du ja schon mit deinen schwarzen Punkten. Komm, wir gehen runter zu den anderen. Mal sehen, was sie sagen.“

Mit Bibi auf dem Arm betrat Tina die Küche. Sie setzte das „Kätzchen“ auf dem Fußboden ab, wo es sogleich mit seinen „Geschwistern“ herumtobte und sich balgte. Niemand bemerkte, dass plötzlich fünf statt vier Kätzchen herumwuselten.

Am großen Küchentisch hatten sich die Martins und Bibis Eltern zur Frühstücksrunde versammelt. Frau Martin servierte Kaffee für die Erwachsenen und Kakao für die Mädchen. Die Mädchen? Es war nur ein Mädchen da und Bibis Platz war leer. Vater Blocksberg runzelte die Stirn und blickte sich suchend um.

„Wo bleibt denn Bibi bloß?“, fragte er verärgert. „Wir sind schon alle da und warten nur noch auf das gnädige Fräulein!“

„Ach, komm, Bernhard“, Frau Blocksberg legte ihm begütigend die Hand auf den Arm. „Lass sie noch einmal tüchtig ausschlafen. Morgen geht doch der Ernst des Lebens für sie los.“

„Sie, äh ...“, meldete sich Tina zu Wort, „sie schläft nicht mehr.“

„Nein?“ Barbara Blocksberg machte große Augen. „Wo ist sie denn dann?“

„Ich ... äh ... weiß nicht“, druckste Tina herum. „Ihr Bett war leer, als ich aufgestanden bin. Ich dachte, sie wäre gleich in den Stall gegangen oder so ... Will sich vielleicht von den Pferden verabschieden.“

„Das kann sie auch nachher machen!“ Erbost setzte Herr Blocksberg seine Kaffeetasse ab. „Ich will jetzt frühstücken!“

„Dann frühstücke doch, Schatz“, meinte Frau Blocksberg begütigend, „und lass Bibi ihren Abschied.“

Unbemerkt war unterdessen das weiße Kätzchen mit den schwarzen Flecken zu Tina geschlichen, die es auf den Schoß genommen hatte. Als das Tier jetzt aber an Tinas Honigbrötchen zu lecken begann, fuhr Frau Martin dazwischen.

„Tina! Tu sofort die Katze wieder auf den Boden. Sie gehört nicht auf den Esstisch!“

Das Kätzchen maunzte erschrocken, sprang mit einem Satz zu Boden und verschwand eilig unter der Bank. Tina zog den Kopf ein und beschäftigte sich während der nächsten Minuten ausführlich mit ihrem Frühstücksei. War das wieder eine Stimmung heute. Zum Davonlaufen!

Nach einer Weile wurde das Schweigen in der Küche des Martinshofs von quietschenden Reifen vor dem Haus unterbrochen. Frau Martin ging ans Fenster und schaute hinaus.

„Ah! Hoher Besuch! Robert kommt! Was

will der denn so früh am Morgen bei uns? Gehen wir doch raus und begrüßen wir ihn. Bei der Gelegenheit", sie wandte sich an Barbara und Bernhard Blocksberg, „kann ich Ihnen gleich unseren jungen und tüchtigen Tierarzt vorstellen."

Damit war die Frühstücksrunde aufgehoben. Die drei Erwachsenen traten vor das Haus. Tina kümmerte sich unterdessen um das fünfte Kätzchen, kraulte es und flüsterte ihm kleine Geheimnisse ins Ohr.

„Guten Morgen allerseits!", rief Robert fröhlich. „Wünsche wohl gefrühstückt zu haben!"

„Morgen, Robert!", grüßte Frau Martin zurück. „Magst du eine Tasse Kaffee? Drin in der Küche steht er, ist noch ganz heiß. Ach, übrigens, darf ich dir Bibis Eltern vorstellen, die kennst du ja noch nicht. Barbara und Bernhard Blocksberg ... Robert Eichhorn, unser Tierarzt."

„Guten Morgen!"

„Sehr erfreut!"

„Na", Robert blickte sich suchend um,

„wo ist sie denn, unser kleines Wundertier, wie mein Vater immer sagt?"

„Irgendwo im Stall", antwortete Barbara Blocksberg. „Sie wird sich wohl von allen Tieren einzeln verabschieden."

„Was verschafft uns denn die frühe Ehre?", fragte Frau Martin, hakte Robert unter und ging mit ihm zurück in die Küche.

„Och, nichts Besonderes", sagte Robert, als er Platz genommen hatte und an seinem Kaffee nippte. „Hallo, Tina!", begrüßte er die Martinstochter. Dann wandte er sich wieder an ihre Mutter. „Ich habe euch doch gestern vier kleine Katzen gebracht. Nachher will ich die alte Trine draußen auf ihrem Einsiedler-Hof besuchen. Die lebt dort ganz allein. Da habe ich mir gedacht, ich mache ihr eine Sonntagsfreude und bringe ihr eins von den Kätzchen mit. Geht das?"

„Aber natürlich!" Frau Martin hatte Robert den Rücken zugedreht und hantierte am Spülbecken herum. „Nimm dir eins. Und grüß bei der Gelegenheit die Trine von mir. Hab sie lange nicht mehr gesehen."

Robert bückte sich und musterte die kleinen Katzen zu seinen Füßen.

„Na, ihr Kleinen", sagte er, „wen von euch soll ich denn mitnehmen? Du da", er griff zu, „du siehst so aus, als würdest du der alten Trine gefallen."

„Welches hast du denn genommen?", wollte Frau Martin wissen.

„Na, das kleine weiße mit den schwarzen Punkten."

„Oh, nein!" Tina schoss von ihrem Platz hoch. „Das nicht!"

„Warum denn nicht, Kind?", wunderte sich Frau Martin.

„Weil ... weil ...", stotterte Tina, „weil ich das ganz besonders gern mag."

„Ich kann auch ein anderes nehmen", bot sich Robert an. „Mir ist das egal."

„Nein, nein, behalte das mal!" Frau Martin winkte ab. „Schau, Tina", wandte sie sich dann an ihre Tochter, „Katzen sind doch alle gleich niedlich. Robert hat nun mal die kleine weiße mit den schwarzen Punkten ausgesucht. Lass sie ihm doch!"

Damit war die Sache für sie erledigt. Und Tina? Tina schaute ratlos zu, wie Robert das miauende Kätzchen unter die Jacke steckte und die Küche verließ.

„Ach“, rief er über die Schulter zurück, „einen schönen Gruß noch an Bibi. Schade, dass ich sie nicht angetroffen habe. Bis zu den nächsten Ferien dann!“

Mit diesen Worten bestieg er seinen Jeep, setzte das weiße Kätzchen mit den schwarzen Flecken auf eine Decke auf dem Rücksitz, winkte und brauste davon.

„Gibt's im Moment was für mich zu tun Mami?“, fragte Tina ihre Mutter. Die schüttelte den Kopf. „Na, dann reite ich eine Runde.“

„Um diese Zeit? Das machst du doch sonst nie.“

„Amadeus war gestern so unruhig“, sagte Tina eifrig. „Ich glaube, er braucht ein bisschen Bewegung. Bis später. Ach so“, sie bückte sich und griff nach einem kleinen, gestreiften Fellknäuel, „eins der Kätzchen nehme ich übrigens mit.“

„Wieso denn das?“

„Ach, nur so!“ Und schon war Tina aus der Küche und zum Stall hinübergesaust.

„Wenn du meine Tochter siehst, eine gewisse Bibi Blocksberg aus Neustadt“, rief ihr Bernhard Blocksberg hinterher, „sie möchte sich mal wieder sehen lassen!“

„Okay! Mach ich! Tschüs zusammen!“

Für lange Reden war Tina jetzt nicht zu haben. Sie sattelte in persönlicher Rekordzeit ihren Amadeus, steckte sich die kleine Katze unter die Reitjacke und schon war sie unterwegs. In wildem Galopp versuchte sie Roberts Jeep einzuholen, ja, wenn möglich, sogar zu überholen. Zweimal musste Amadeus sogar springen, einmal über das Gatter an der Koppel vom Mühlenhof-Bauer und einmal am Bach. Dann hatte sie es tatsächlich geschafft. Als Robert bei dem Feldweg zum Einsiedlerhof um die Kurve bog, erwartete ihn bereits eine völlig atemlose Tina Martin.

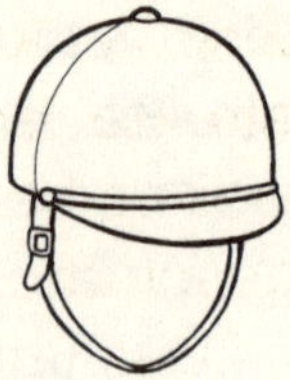

Robert erfährt ein Geheimnis

„Nanu, Tina?", rief Robert verdutzt und bremste scharf ab. „Wo kommst du denn plötzlich her? Du warst doch grad eben noch bei euch in der Küche!"

„Ja, stimmt schon!", winkte Tina hastig ab. „Ich muss dich dringend sprechen, Robert. Dringend!"

„So? Na, das klingt ja sehr spannend." Robert stellte den Motor des Jeeps ab und stieg aus. Tina war abgesessen und trat auf den jungen Tierarzt zu.

„Du musst mir das Kätzchen zurückgeben!" Sie deutete auf die kleine, schwarz gepunktete Katze auf Roberts Rücksitz. „Hier, ich habe dir ein anderes mitgebracht." Mit diesen Worten griff sie unter ihre Jacke und hielt ihm das kleine Gestreifte entgegen, das kläglich maunzte, weil es bei dem scharfen Ritt tüchtig durchgeschüttelt worden war.

„Deshalb reitest du hinter mir her?“, fragte Robert verwundert und nahm das gepunktete hoch. „So lieb hast du die Kleine hier?“

„Robert!“ Tina blickte den jungen Arzt mit einem verschwörerischen Blick an. „Robert, das ist Bibi!“

„Wie bitte?“ Vor lauter Verblüffung hätte er fast die Katze fallen gelassen. „Sag das noch mal!“

„Das weiße Kätzchen mit den schwarzen Flecken, das du gerade auf dem Arm hast, ist niemand anderer als Bibi Blocksberg!“

„Aha!“ Robert war für eine Weile sprachlos. „Also, das muss ich jetzt erst einmal verkraften. Du kleine Miezekatze sollst Bibi sein?“

Das Kätzchen miaute freundlich, schlug seine spitzen, kleinen Krallen in Roberts Jackenärmel und schnurrte ihn an.

„Na ja, wenn es Tina sagt ... Wenn ich ehrlich bin“, er grinste verschmitzt, „du bist schon ein ganzes Stück niedlicher als die kleine Hexe. Aua!“ Bibi hatte ihn am Handrücken gekratzt. „Lass das, das tut doch weh! Ich denke“, er wandte sich an Tina, „du musst mir jetzt mal einiges erklären. Komm, wir gehen ein Stück.“

Die beiden spazierten den Feldweg entlang, und Tina erzählte Robert die ganze Geschichte. Von Bibis Mathesorgen und dass sie nicht wieder heim nach Neustadt wollte, von den Diskussionen mit Bibis Eltern und ihrem Entschluss. Und dass sie heute nicht mehr da sein, aber doch da sein wollte. Als sie geendet hatte, blieb der junge Tierarzt mitten auf dem Weg stehen und lachte schallend.

„Da!“ Er reichte Tina das gefleckte und nahm dafür das gestreifte Tier auf den Arm. „Da hast du deine Bibi-Katze wieder. Aber eins muss ich dir sagen“, er kraulte Bibi am Kinn und blickte ihr tief in die Augen, „so ein Katzenleben ist natürlich nicht die

Lösung des Problems. Ich finde, du bist zu etwas Besserem bestimmt, als dein Lebtag lang Milch zu schlabbern und Mäuse zu jagen."

„Ich weiß gar nicht, ob sie dich versteht", meinte Tina skeptisch.

„Ich glaube schon", erwiderte Robert und strich der Gefleckten über den Rücken. „Na, mein Kleines, als Kätzchen kann ich dich ja streicheln. So, ja, komm, braves Tier!"

Er musste lachen. „Gell, als kleine Hexe hättest du das wahrscheinlich nicht so gern?"

Bibi-Kätzchen fauchte und nun lachte auch Tina.

„Du, Robert, ich glaube ... Hihihi! ... die kleine Bibi-Katze ist grad ein bisschen rot geworden!"

„Na klar, Tina, sie versteht mich. Ach, Katze! Wenn du in den nächsten Ferien wieder auf dem Martinshof bist, dann kann ich dir ja Nachhilfeunterricht in Mathe geben. Einverstanden?"

Die Gefleckte stieß ein freudiges Maunzen aus.

„Na, siehst du! Aber jetzt“, Robert wandte sich an Tina, „muss ich weiter. Der alten Trine wird es egal sein, wie ihre Katze aussieht, ob gefleckt oder gestreift. Du aber schau, dass du zu eurem Hof zurückreitest. Ich bin sicher, ein paar Menschen befinden sich wegen Bibi schon in heller Aufregung. Also, mach's gut!“

„Mach's gut, Robert!“

Robert kletterte wieder in seinen Jeep, Tina bestieg mit Bibi unter der Jacke ihren Amadeus und beide entfernten sich sogleich in entgegengesetzte Richtungen.

„Mensch, Bibi!“, raunte Tina ihrer vierpfotigen Freundin zu. „Vorhin hättest du dich doch wieder zurückverwandeln und Robert vor Freude um den Hals fallen können, als er das mit der Nachhilfe gesagt hat. Wolltest du nicht oder konntest du nicht? Wie lange willst du denn noch ein weißes Kätzchen mit schwarzen Punkten bleiben?“

Bibi miaute ein paar Mal, aber sie blieb

weiterhin eine Katze. Tina stieß einen enttäuschten Seufzer aus, nahm die Zügel fest in beide Hände und lenkte Amadeus in Richtung Martinshof.

Dort saßen Frau Martin, Holger und die Blocksbergs am Küchentisch und hielten Kriegsrat. Wo konnte Bibi nur stecken?

„Also, ich war im Pferdestall", berichtete Holger, „bei den Kühen, bei den Hühnern und noch mal oben in Tinas Zimmer. Sie ist nicht da."

„Was ist mit den Pferden?", fragte Frau Martin.

„Alle da, bis auf Amadeus. Den hat Tina."

„Mir ist das alles schleierhaft!", klagte Herr Blocksberg und raufte sich entnervt die Haare. „Bibi kann doch nicht völlig verschwunden sein!"

„Natürlich kann sie, Bernhard. Sie ist schließlich eine Hexe. Eine kleine nur, aber immerhin eine Hexe!"

„Also!" Herr Blocksberg sprang auf und schaute empört. „Wenn sie mit Hexenmitteln versucht hier zu bleiben, dann kann sie

was erleben! Dann lernt sie ihren Vater kennen!“

„Ich glaube nicht, dass sie so etwas tun will. Sie ist einfach nur traurig und hat sich irgendwo hin verzogen, um allein zu sein. Ich glaube, danach ist ihr jetzt.“

Holger kratzte sich am Kopf und überlegte.

„Im Steinbruch oder bei der alten Mühle könnte sie zum Beispiel sein“, sagte er nach einer Weile.

„Würdest du mich dorthin begleiten?“, fragte Barbara Blocksberg.

„Na klar! Vielleicht auf Ihrem Besen?“ Holger machte große Augen wie ein Kind vor dem Weihnachtsbaum. Er war schließlich noch nie auf einem echten Hexenbesen geritten.

„Jawohl, Holger, ganz genau. Auf meinem Besen. Hoffentlich bist du auch schwindelfrei!“ Frau Blocksberg lachte, hakte Holger unter, ging mit ihm vor die Tür und machte Baldrian startbereit. Holger nahm hinter ihr Platz und ab ging die Post zum Bibi-Such-

Flug. Der ortskundige Holger führte Barbara zuerst zum Steinbruch und dann zur alten Mühle. Aber außer ein paar Spaziergängern, die erschreckt davonliefen, als sie den Besen landen sahen, war nichts zu finden. Vor allem keine Bibi. Frau Blocksberg drehte mit Baldrian eine Schleife über dem Wald. Sie war ratlos.

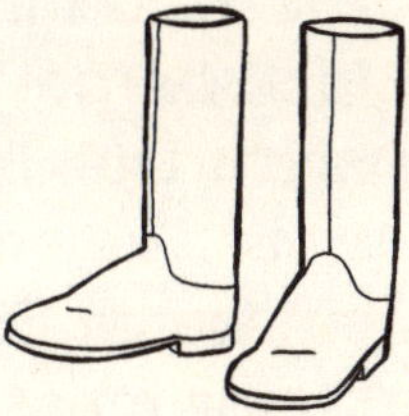

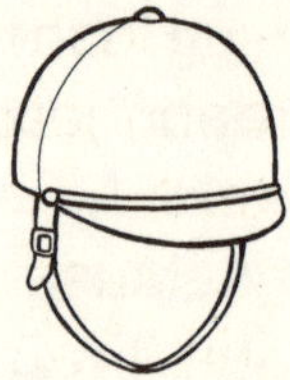

Baldrian hat eine Spur

„Fällt dir denn gar nichts mehr ein, Holger?“, fragte sie mit leiser Verzweiflung in der Stimme.

„Nö.“ Holger zuckte bedauernd mit den Schultern. „Das sind die beiden Stellen, wo wir alle manchmal hinreiten, wenn wir allein sein wollen.“

„Na schön!“ Jetzt wurde Barbara Blocksberg energisch. „Dann muss Baldrian eben ihre Spur aufnehmen. Hör zu, mein Besen: *Eene meene, Baldrian, such mir Bibi. Fange an. Hex-hex!*“

Augenblicklich legte sich der Besen in die Kurve und sauste schlingernd zwischen den Bäumen des Waldes hindurch. Holger wurde ganz weiß um die Nasenspitze.

„Huah!“, rief er. „Was macht Ihr Besen denn jetzt? Ich glaube, ich falle gleich runter!“

„Musst dich nicht fürchten“, beruhigte ihn Frau Blocksberg, „Baldrian hat noch nie jemanden abgeworfen. Er sucht nur die Richtung, er nimmt Bibis Spur auf. Ich bin gespannt, wo er uns hinführt.“

Es schien, als hätte Baldrian Witterung aufgenommen, denn plötzlich flog er schnurgerade auf einen bestimmten Punkt zu.

„Schauen Sie mal!“, rief Holger. „Da unten reitet Tina, aber Bibi ist nicht bei ihr.“

„Das sehe ich auch. Blind bin ich nicht!“, kam die trockene Antwort.

„Hallo, Tina! Hallo!“, rief Holger, als sie sich über seiner Schwester befanden. „Hier oben sind wir!“

„Hallo, Holger!“ Tina machte große Augen und ließ Amadeus zurück in den Trab fallen. „Was machst du denn auf dem Besen?“

„Ich helfe, Bibi zu suchen, Schwesterherz!“

„Hast du sie irgendwo gesehen, Tina?!“, rief Frau Blocksberg aus luftiger Höhe.

„Nein, habe ich nicht!“, gab Tina eilfertig zur Antwort. „Ich reite jetzt zum Hof zurück. Bis später dann!“

Tina gab dem Hengst Schenkeldruck und die beiden galoppierten davon. Der Hexenbesen flog ihnen sofort nach.

„Komisch!“, wunderte sich Frau Blocksberg. „Baldrian bleibt direkt über Tina. Was hat sich mein Töchterlein da bloß ausgedacht? Na, wir werden es bald wissen.“

Wie ein gut dressierter Jagdhund blieb Baldrian genau auf Bibis Spur und so kamen Holger und Barbara Blocksberg auf Baldrian und Tina auf Amadeus gleichzeitig auf dem Martinshof an. Herr Blocksberg hielt schon ungeduldig Ausschau.

„Da seid ihr ja endlich!“, rief er, als seine Frau und Holger sicher gelandet waren. „Habt ihr sie?“

„Ihre Frau hat ...“, wollte Holger erklären, aber Bernhard Blocksberg unterbrach ihn.

„Wie ich sehe, habt ihr sie nicht! Langsam fange ich an, mir Sorgen zu machen. Sollten wir nicht lieber die Polizei verständigen? Die könnte doch mit Hubschraubern das ganze Gebiet absuchen."

„Reg dich ab, Bernhard", versuchte ihn seine Frau zu beruhigen. „Unsere Tochter kann nicht weit sein. Der Suchspruch hat mich hierher geführt."

„Du und deine Suchsprüche!" Entnervt setzte sich Bernhard Blocksberg auf die Bank unter der Linde. „Wenn ihr nun etwas passiert ist. Vielleicht hat sie sich etwas angetan? Das arme Kind!"

Das „arme Kind" in Gestalt eines Kätzchens war inzwischen von Tina unbemerkt auf den Boden gesetzt worden und strich schnurrend um die Beine ihres Vaters herum.

„Mach dir doch keine Vorwürfe, Bernhard!"

„Mache ich mir aber doch! Verflixt noch mal!" Die gepunktete kleine Katze war auf seinen Schoß gesprungen und versuchte, ihm das Gesicht abzulecken. „Nehmt doch mal dieses Viech hier weg. Das ist ja lästig!"

„Nanu?", ließ sich Frau Martin vernehmen. „Wo kommt denn die auf einmal wieder her? Robert hat sie doch vorhin ..."

„Die habe ich von Robert zurückgeholt", erklärte Tina. „Er hat dafür eine andere bekommen, eine gestreifte."

„Das finde ich ja rührend, dass du so an dem kleinen Kätzchen hängst." Barbara Blocksberg hatte Baldrian abgestellt und sich zu den anderen gesellt. „Die ist ja wie eine kleine Freundin für dich!"

„Äh ... ja ... hm ... wie eine Freundin!" Tina versuchte, ein gleichgültiges Gesicht zu machen, aber es gelang ihr nicht ganz.

„Da brauchst du doch nicht gleich rot zu werden, Kind!", meinte Frau Martin schmunzelnd. „Ich finde die Katzengeschichte auch nett."

„Also, eins verstehe ich nicht", mischte sich Holger in das Gespräch ein. „Wenn du Robert vorhin ein Kätzchen gegeben hast, dann müssten doch jetzt nur noch drei hier

sein. Ich sehe aber“, er blickte sich um und zählte, „insgesamt vier. Oder habe ich mich verrechnet auf meine alten Tage?“

„Ist doch völlig egal, wie viele Katzen hier herumsausen!“, fuhr Bernhard Blocksberg knurrig dazwischen. „Mir ist meine Tochter wichtiger. Ich rege mich so auf! Wenn Bibi wieder da ist“, seine Stimme wurde drohend, „dann bekommt sie Hexverbot auf Lebenszeit. Aua!“ Er zuckte zusammen. „Dieses kleine gepunktete Biest hat mich in den Finger gebissen!“

„Geschieht dir recht, Bernhard!“ Barbara Blocksberg unterdrückte ein Schmunzeln. „Du solltest eben nicht so große Sprüche machen. Hexverbot auf Lebenszeit ist doch lächerlich. Das hältst du nie durch!“

„Na ja“, lenkte Herr Blocksberg ein, „aber androhen kann ich es doch mal. Ich habe sie doch lieb, unsere kleine Hexe!“ Er machte plötzlich ein klägliches Gesicht und war nicht mehr der grimmige Bibi-Papa. „Vielleicht war ich doch ein bisschen zu streng. Tut mir Leid. Wir können uns das mit dem Nordsee-Urlaub ja noch einmal überlegen ... He! Was machst du denn jetzt wieder?“

Das gefleckte Kätzchen hatte es sich auf Herrn Blocksbergs Schoß gemütlich gemacht und schnurrte so laut, wie Katzen schnurren können.

„Es mag Sie eben, Herr Blocksberg.“ Tina kicherte. „Es mag Sie, als ob Sie ihr Vater wären.“

„Jaja, ist ja auch ganz lieb, die Kleine.“ Bernhard Blocksberg war mit seinen Gedanken ganz woanders. „Also, ich halte das nicht mehr aus! Ich rufe die Polizei. Darf ich mal telefonieren, Frau Martin?“

„Aber selbstverständlich!“ Frau Martin deutete zum Wohnhaus hinüber. „Sie finden das Telefon im Flur.“

„Halt, Bernhard!“ Frau Blocksberg hielt ihren Mann am Ärmel fest. „Ruf nicht an. Du wirst deine Tochter gleich wieder sehen!“

„Gleich?“ Er versuchte sich freizumachen. „Nein, erst, wenn die Polizei sie gefunden hat.“

„Nein! Bibi ist hier. Stimmt's, Tina?" Barbara Blocksberg blickte die Martinstochter scharf an.

„Ja ..." Tina blickte verlegen zu Boden.

„Ach, komm!" Bernhard Blocksberg schüttelte verärgert den Kopf. „Das ist jetzt wieder so eine Unsichtbarkeitskiste aus eurem schlauen Hexenbuch. Du weißt genau, dass ich das nicht leiden kann! Und du, verschwinde, ja?" Er versuchte, das Kätzchen von seinem Schoß zu schubsen, aber es krallte sich in seine Hose und ließ nicht locker.

„Ja, es ist so etwas Ähnliches", antwortete Barbara Blocksberg schmunzelnd. Sie wusste plötzlich, was vor sich ging, und freute sich schon diebisch auf das Gesicht ihres Mannes, wenn auf einmal ...

„Was hat denn das Kleine?", fragte Bernhard Blocksberg verdutzt und blickte auf seinen Schoß hinunter. „Es zittert ja so ... Um Himmels willen!"

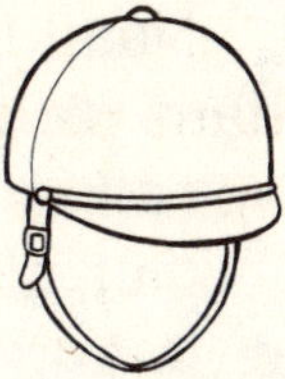

Ende gut, alles gut

PLOPP! machte es in diesem Augenblick, und fröhlich grinsend rief die kleine Hexe aus Neustadt: „Hallo, Papi!"

Für ein paar Sekunden war Herr Blocksberg völlig verblüfft und wollte erschreckt aufspringen, dann aber umarmte er sein Töchterchen und drückte es an sich.

„Ach, bin ich froh, dass du wieder da bist! Bin ich froh! Aber ...", er machte eine kleine Pause, „eins muss ich dir ja schon sagen ..."

„Nicht schimpfen, Papilein, bitte!", bat Bibi mit zuckersüßer Stimme. „Du kannst doch auch gar nicht mehr schimpfen. Du hast dich doch längst leer geschimpft, heute und gestern!"

„Nein! Ich wollte dir doch nur sagen, dass du als Kätzchen sehr niedlich warst. Vor allem dein Schnurren hat mir gefallen."

„Gut, dass dein Kätzchen-Spruch nicht ewig angehalten hat", meinte Frau Blocksberg, „sonst hätte unser Papi tatsächlich noch die Polizei gerufen. Na, das wäre was gewesen!"

„Sag mal, Mami", wandte sich Bibi an ihre Mutter, „wann hast du eigentlich spitzgekriegt, dass ich die Katze war?"

Frau Blocksberg überlegte kurz.

„Den ersten Verdacht hatte ich, als du dich beim Frühstück so gierig auf Tinas Honigbrötchen gestürzt hast. Katzen und Honig, das passte für mich nicht zusammen. Katzen und Milch schon eher, aber ich wusste ja, dass du Milch nicht ausstehen kannst."

„Deswegen wollte ich auch nicht so lange Katze sein. Ich kann ja doch mehr als Mäuse fangen und Milch schlabbern. Hat der Robert gesagt. Er hat auch noch ein paar Sachen gesagt, der Robert. Und des-

halb ...", sie machte eine kleine Pause, „deshalb komme ich auch mit nach Hause. Habe ich mir überlegt."

„Ich habe mir auch was überlegt, Schätzchen." Herr Blocksberg stieß mit dem rechten Zeigefinger in die Luft. „Ich habe das mit dem Nordsee-Urlaub noch einmal überdacht. Die Buchung bleibt bestehen ..."

„Och, Papi! Du hast doch gerade gesagt, dass ..." Bibi schaute völlig entsetzt. Gleich würde sie in Tränen ausbrechen, aber Herr Blocksberg fuhr sogleich in seinem Satz fort.

„Sie bleibt bestehen, aber nur für Mami und mich. Wir beide fahren wie abgemacht an die Nordsee und du kannst hier reiten, so viel du willst. Aber nur, wenn Frau Martin, Holger und Tina einverstanden sind, du tüchtige Fortschritte machst, deinen Felix gut pflegst und auch im Haushalt mit zur Hand gehst."

Die drei Martins grinsten sich an und nickten zustimmend. Bibi fiel abwechselnd ihrem Papi und ihrer Mami um den Hals und konnte sich vor Freude fast nicht mehr einkriegen. Wenig später traf Robert auf dem Hof ein und versprach Herrn Blocksberg mit Handschlag, dass er mit Bibi in den nächsten Ferien ganz toll Mathe üben würde.

Ja, und damit enden Bibi Blocksbergs Osterferien auf dem Martinshof. Es waren schon aufregende Wochen gewesen! Als Bibi ihren Kartoffelbrei sattelte und sich neben ihren Eltern auf Barbara Blocksbergs Baldrian in die Lüfte erhob, seufzte Frau Martin ein wenig erleichtert auf. Man hatte schließlich nicht alle Tage eine Hexe zu Besuch. Tina allerdings heulte wie ein Schlosshund, als sie von Bibi Abschied nahm.

„Komm, Tina!" Sie nahm ihre Tochter in den Arm. „Weine nicht! Deine Freundin kommt ja bald wieder. Komm, wir singen uns eins. Wie ging euer Song gleich wieder?"

Tina schluckte ihre Tränen hinunter und gemeinsam mit ihrer Mutter sang sie leise

das Lied, das sie mit Bibi zusammen getextet und komponiert hatte:

Hufe klappern, Pferde traben,
springen übern Wassergraben,
über Stock und über Stein,
wer kann das wohl sein?
Das sind Bibi und Tina
auf Amadeus und Sabrina!
Sie jagen im Wind,
sie reiten geschwind,
weil sie Freunde sind!
Weil sie Freunde sind!

Verhexte Reiterferien

Langeweile gibt es auf dem Martinshof nicht!

Die kleine Hexe Bibi Blocksberg und ihre Freundin Tina verteidigen die Schimmelstute Sabrina und ihr Fohlen Felix gegen den Motorradrowdy Freddy. Die beiden kommen einem Umweltsünder auf die Spur, und Bibi bringt ihrem Vater mithilfe von allerlei Hexsprüchen das Reiten bei, damit er an Graf Falkos Fuchsjagd teilnehmen kann.

ISBN 978-3-505-12527-0

Enthält die Einzelbände 1 bis 3

www.schneiderbuch.de

EGMONT Verlagsgesellschaften